KB193648

애거사 크리스티 코드

AGATHA CHRISTIE

애거사 크리스티 코드

다섯 가지 코드로 크리스티를 읽다

오오야 히로코 지음
이희재 옮김

CODE

애플북스

인류 역사상 성경과 셰익스피어 다음으로 많은 책을 팔았다는 수식을 가진 미스터리의 여왕 애거사 크리스티는 도대체 어떻게 이 오랜 시간 동안 전 세계 독자들의 사랑을 받을 수 있었을까?

문화센터에서 매달 한 권씩, 크리스티의 작품 중 한 권을 정해 작품의 중요 포인트를 해설하는 강좌를 해온 저자 오오야 히로코는 그동안 분석한 크리스티 소설의 숨겨진 코드를 다섯 가지로 깔끔하게 정리해준다.

크리스티 여사가 창조한 푸아로와 미스 마플, 토미&터펜스 같은 탐정 캐릭터에 대한 소개는 물론이고 소설의 무대, 인간관계, 트릭 등 작품에 대한 분석과 적절한 작품 소개는 다시 크리스티 여사의 책을 읽어봐야겠다는 생각을 하게 만든다.

중학교 시절 『열 개의 인디언 인형』을 시작으로 여사의 작품에 푹 빠져 살다 결국 추리작가가 된 내게 이 책은 단순히 추리여왕의 작품을 돌아보는 것을 넘어 추리소설을 잘 쓰는 비법을 알려주는 작법서이기도 하다.

애거사 크리스티의 작품을 좋아하는 독자뿐 아니라, 추리소설을 쓰는 후배들에게도 어서 읽어보라고 알려줘야겠다.

서미애
베스트셀러 작가
『잘자요 엄마』 『그녀의 취미생활』 『남편을 죽이는 서른 가지 방법』

2018년부터 나고야의 문화센터에서 「애거사 크리스티를 읽다」라는 강좌를 맡고 있습니다. 매달 1권씩 크리스티의 작품 중에서 과제로 정한 책을 읽어오면 집필 배경이나 미스터리 구조, 복선이 어떻게 깔려 있는지 등 작품의 중요 포인트들을 해설하는 강좌입니다.

처음에는 수강생이 얼마나 모일지 전혀 가늠하지 못했는데 뜻하지 않게 많은 분이 신청해 주셨고, 코로나로 인한 반년의 휴강을 사이에 두고 곧 7년째를 맞이합니다.

강좌가 꽤 인기 있는 편이라며 저도 모르게 우쭐했었지만, 인기 있는 것은 사실 제가 아니라 크리스티였습니다. 그도 그럴 것이, 주제가 크리스티였기 때문에 신청자가 많았던 거죠. 크리스티에 대한 강좌라면 절간의 비둘기가 강사여도 분명 많은 사람이 모였을 겁니다. 그건 다른 이유로 사람들을 엄청 불러 모으려나요?

수강생 중에는 예전부터 크리스티의 팬이어서 그녀의 작품을 거의 다 읽은 사람도 있는 한편, 유명한 작품의 제목 정도만 알고 있는 사람도 있습니다. 후자의 경우라도 『오리엔트 특급 살인』과 『애크로이드 살인 사건』의 범인은 알고 있었음에 눈물이 앞을 가립니다. 참, 이제는 앞서 말한 두 작품에 대해서 스포일러 해도 괜찮겠죠?

그밖에 케네스 브래너(Kenneth Branagh)의 영화나 미타니 고키(三谷幸喜)가 번안한 드라마로 처음 내용을 접한 사람도 있습니다. 존 딕슨 카(John Dickson Carr)와 엘러리 퀸(Ellery Queen)을 좋아하다가 그들과 같이 본격 미스터리 황금기에 활동하였던 크리스티에게도 관심을 가지게 되었다는 사람이 있는가 하면, 크리스티와 마플 중에서 누가 작가이고 탐정인지 헷갈려 하던 사람도 있었습니다(지금은 제대로 구분해서 알고 있으리라 생각하고 싶네요).

도대체 왜 크리스티의 작품은 이리도 많은 사람을 매료시키는 걸까요?

애거사 크리스티(Agatha Christie). 풀네임은 애거사 메리 클라리사 밀러(Agatha Mary Clarissa Miller)로 1890년 영국 데번주에서 태어났습니다. 유소년기에는 학교에 가지 않고 가정에서 교육받았습니다. 어릴 적부터 독서를 즐겼고 열두 살 즈음에는 스스로 소설을 썼다고 합니다.

1914년에는 아치볼드 크리스티(Archibald Christie)와 결혼했고, 전쟁 중에 약국에서 근로 봉사한 경험을 계기로 쓴, 매독을 활용한 미스터리 『스타일스 저택의 괴사건』을 통해 작가로 데뷔하게 됩니다.

1926년 간행된 『애크로이드 살인 사건』으로 일약 인기 작가의 반열에 오르게 되었으나, 그해 어머니가 돌아가시고 아치볼드에게 이혼을 요구받는 등 연이어 불행이 닥쳤고 심지어 실종되기까지 했습니다. 절망한 그녀를 다시 일으켜 세운 것은 사랑하는 딸과 새로운 취미였던 중동에서의 고고학, 그리고 그곳에서 만난 고고학자 맥스 맬로언(Max Mallowan)과의 재혼이었습니다.

이후 그녀는 1976년에 죽을 때까지 미스터리계의 탑 작가로 계속 군림했습니다.

메리 웨스트매컷(Mary Westmacott)이란 이름으로 쓴 로맨스 소설까지 포함하면 72개의 장편, 159개의 중단편(사후에 발견되었거나 같은 내용인데 제목을 바꾼 것도 있어서 정확하지는 않습니다), 희곡, 여행기, 자서전 등이 간행되었습니다. 그녀의 작품은 전 세계에 번역되어 '성경과 셰익스피어 다음으로 많이 읽힌 작가'라는 위대한 칭호를 얻기에 이르렀습니다.

50~100년도 전의 소설이 지금까지도 꾸준히 읽히고, 시대가 바뀔 때마다 새로운 번역서와 새로운 영화, 드라마로 만들어지는 것은 놀라운 일입니다.

한 번 더 쓰겠습니다.

도대체 왜 크리스티의 작품은 이리도 많은 사람을 매료시키는 걸까요?

그 이유는 크리스티가 자기 시대의 숨결을 온전히 품고 있음에도 작품 속 미스터리는 조금도 낡지 않았다는 점에 있습니다.

이게 무슨 말이냐고요? 그것을 이 책으로 전하려고 합니다. 배경지식이 없어도 즐길 수 있는 입문서를 목표로 썼지만, 마니아들도 재밌게 읽을 수 있도록 고민했습니다. 아무래 그래도 절간 비둘기보다는 이해하기 쉽게 설명할 수 있을 것 같습니다. 그렇기를 바랍니다.

또한 크리스티의 소설은 다양한 출판사에서 번역 출간되었기 때문에 출판사마다 캐릭터 이름이나 작품 제목을 다르게 표기하는 경우가 많아 정리에 애를 먹었습니다. 푸아로와 포와로, 아가사 크리스티와 애거사 크리스티, 『스타일스 저택의 괴사건』과『스타일스 저택의 죽음』 중에서 어느 쪽을 선택해야 할지 참 복잡하더군요. 독자분들도 복잡하시겠지만, 글을 쓰면서 정말 골치 아팠음에도 이를 어떻게든 헤쳐 나간 저의 노력을 보아 부디 양해해 주시길 바랍니다. 제가 쓴 저작 목록을 꼼꼼히 검토해 준 편집자 S씨는 거의 좀비가 되었습니다. 고마워요, 살아 있어 줘서.

그래도 뭐, 다른 출판사의 같은 작품을 읽고 비교하는 것도 즐거운 일이죠. 아무래도 판본에 따라 같은 작품인데 결말이 다른 경우도 있으니까요! (그게 무엇인지는 이 책에서 확인해 보시길.)

2023년 12월
오스칸논(大須観音) 절의 비둘기에게 쫓긴 어느 날에

차례

일러두기

- 장편 및 단편집 등의 표제는 『』를, 단편 등 수록 작품은 「」, 잡지는 〈 〉, 시리즈는 《 》를 사용했습니다.
- 영화 및 드라마 제목은 「」를 사용했습니다.
- 서지사항은 본문 중 [*]으로 표시하였습니다.
- 이 책에 등장하는 작품 제목은 황금가지판 번역본을 따랐습니다.
- 별제는 해문출판사판 번역본 제목을 따르되, 황금가지판과 동일한 경우 별제를 생략하였습니다.
- 이 책에 등장하는 인용문은 " "으로 표시하였습니다. 일본어 원문을 번역 및 윤문하여 국내 출판사 번역본과 다를 수 있습니다.

제1장

⚜

탐정으로 읽다

AGATHA
CHRISTIE

이방인, 에르퀼 푸아로

키는 5피트 4인치(약 163cm). 반질반질한 계란형 머리에 포마드로 굳힌, 매일 밤 손질을 빼먹지 않는 눈에 띄는 콧수염. 뾰족한 에나멜 구두에는 먼지 하나 없고, 깔끔한 옷차림을 고집하는 멋쟁이 꼬마 신사. 모든 것이 제대로, 특히 직선과 좌우대칭으로 정렬되어 있지 않으면 못 견딜 만큼 아주 꼼꼼하다. 자신을 세계 최고의 명탐정이라고 칭하며 일단 사건이 일어나면 작은 회색 뇌세포로 수수께끼를 선명하게 풀어낸다.

애거사 크리스티가 만들어낸 탐정 중에서도 가장 많은 작품에 등장한 에르퀼 푸아로는 영상과 애니메이션에서 다양한 모습으로 나타나 독자에게 즐거움을 주었다. 푸아로 이미지의 원형으로 알려진 것이 〈The Sketch〉[1] 1923년 3월 21일 자에 게재된, W. 스미슨 브로드헤드가 그린 푸아로의 초상화다. 크리스티도 자서전을 통해 "내 생각과 거의 비슷하다"고 평한 바 있다. 다만 크리스티의 상상보다는 조금 더 똑똑하고 고급스러워 보이긴 했다나.

어쨌든 다소 우스꽝스럽게 보이는 캐릭터로 부각되는 경향이 있지만, 사실 푸아로의 가장 큰 특징은 그가 영국인이 아니라 벨기에인이라는 점이다.

크리스티가 푸아로를 탄생시킨 것은 제1차 세계대전 중이던 1916년이었다. 그전까지 크리스티는 취미로 로맨스 소설 같은 것을 쓰고 있었는데, 병원 약국에서 근로 봉사를 하고 있을 때 약병을 보고 독을 다루는 탐정소설을 구상했다고 한다. 때마침 약국 일도 의외로 한가했다.

탐정소설에는 탐정 역할이 필요하다. 크리스티는 셜록 홈즈의 팬이었는데, 홈즈는 무슨 수를 써도 넘어설 수 없는 유일무이한 캐릭터였다. 또한 그녀는 가스통 르루(Gaston Leroux)의 룰타비유[2]도 좋아했지만 이왕이면 지금까지 누구도 생각하지 못한 캐릭터를 만들고 싶었다. 그래서 떠올린 것이 근처에 살던 벨기에 출신 망명자였다.

제1차 세계대전에서 벨기에가 독일에 침략당하자, 영국은 벨기에를 지원하겠다는 명목으로 참전했다. 처음에 크리스티의 주변 사람들은 벨기에에서 온 망명자들을 맞이하면서 친절과 동정을 베풀었다. 살 집과 가구를 마련해주고 차를 권하기도 했다. 하지만 점차 시간이 흐르면서 망명자들이 별로 고마워하지 않는 것처럼 보인다는 불만이 터져 나오기 시작했다. 역시 사람 사는 세상은 언제 어디서나 똑같은가보다.

크리스티는 벨기에 망명자들이 익숙한 방식으로 살도록 그냥 자신들을 내버려 두길 바랐을 거라 생각했다. 이러한 경험을 바탕으로 은퇴한 벨기에인 경찰관 캐릭터를 고안할 수 있었다. 전직 경찰관이라면 수사에도 능할 것이고, '불쌍한 외국인'이라는 점이 상대를 방심시킬 수도 있다. 헤라클레스를 의미하는 에르퀼은 '키 작은 남자인데 강해 보이는 이름을 붙이면 좋겠다'는 크리스티의 아이디어에 딱 들어맞는 이름이었다.

크리스티는 자신이 사랑하던 홈즈 시리즈의 왓슨과 비슷한 역할로서 예비역 군인인 헤이스팅스 대위를 만들었다. 푸아로의 계란형 머리도 공처럼 동그란 '룰타비유'의 머리에서 영감을 받은 것일지도 모른다. 이리하여 탄생한 것이 에르퀼 푸아로다.

푸아로는 말할 때마다 언제나 프랑스어를 섞어 쓴다. 그는 영국의 대명사라고 할 수 있는 홍차와 위스키, 여우 사냥, 골프,

경마를 모두 싫어한다. 초콜릿을 좋아하고, 달콤한 시럽이 든 술을 마신다. 나에게는 내 문화가 있으니 영국 문화를 강요하지 말라고 말하는 것 같지 않은가?

이러한 태도는 사건에 대해서도 마찬가지다. 푸아로는 항상 이방인으로 존재한다. 사건과 사람들을 외부에서 바라본다. 외부의 시선이기에 보이는 무언가가 있다. 그리고 결코 자신의 방식을 무너뜨리지 않는다. 그것이 바로 명탐정 에르퀼 푸아로다.

푸아로를 알 수 있는 책 2권

『스타일스 저택의 괴사건』(1920) [*김남주 역, 2015년 황금가지]

———

제1차 세계대전에서 부상을 입고 영국에 귀환한 아서 헤이스팅스 대위는 옛 친구 존의 초대를 받아 스타일스 저택에 방문한다. 그런데 존의 새어머니이자 저택 주인인 잉글소프 부인이 돌연 사망한다. 유력한 용의자는 그녀와 재혼한 지 얼마 안 된 젊은 남편이지만, 그에게는 완벽한 알리바이가 있었다. 헤이스팅스는 우연히 알게 된 지인이었던 에르퀼 푸아로에게 사건의 조사를 의뢰한다.

크리스티의 데뷔작이자 푸아로가 처음 등장한 작품이다. 벨기에 망명자인 푸아로는 동포들과 함께 잉글소프 부인이 베푼 친절의 도움을 받으며 근방에서 살고 있었다. 푸아로의 첫 걸음이 기록된 역사적 순간이다.

살인에 스트리크닌이 사용되었다는 사실은 일찍이 밝혀졌지만, 크리스티는 (1) 스트리크닌을 입수한 곳은 어디인지, (2) 쓴맛이 강한 스트리크닌을 어떻게 먹일 수 있었는지, (3) 스트리크닌은 먹는 즉시 죽게 되는데 어떻게 사망하기까지 시간이 걸렸는지 등 3단계의 수수께끼를 준비했다. 그리고 각 수수께끼마다 여러 가지 단서와 속임수를 섞어두고 독자를 수차례 농락한다. 약국에서 근무했던 만큼 독에 대한 지식을 십분 발휘하여, 조제학 전문 잡지에서 그녀의 지식을 칭찬할 정도였다.

이 작품의 또 다른 특징은 컨트리하우스 살인 사건이라는 점이다. 컨트리하우스란 16세기부터 제1차 세계대전 전까지 영국의 귀족이나 상류층이 교외에 지은 저택을 가리킨다. 일대 토지를 소유하여(저택에는 소유자가 아니라 토지 이름을 붙이는 경우가 많다) 그 지역에서의 수입이 있고, 넓은 저택에는 집사, 메이드, 요리사, 유모, 가정교사, 정원사 등 더부살이하는 사용인들이 상주한다. 상류층과 노동계급은 컨트리하우스라는 한 공간 안에 살고 있지만 그들 사이에는 분명한 신분의 격차가 존재한다. 각자의 신분이나 직업에 따른 정보의 차이나 인간 유형의 전형성이 나타나는 등 컨트리하우스는 드라마틱하게 활용하기에 좋은 설정이다. 다양한 입장의 사람들이 등장한다는 점에서는 사회의 축소판이나 다름없다.

예를 들어 스타일스 저택에 사는 이블린은 '잉글소프 부인의 말동무'다. 레이디스 컴패니언(Lady's companion)이라고 하는데, 당시 중류층 이상의 여성이 직접 돈을 벌어야 할 때 뛰어든 대표적인 직업이다. 신시어 또한 잉글소프 부인 친구의 딸이라 비슷한 신분이었을 텐데도 그들 모녀는 잉글소프 부인에게 여러모로 신세를 지고 있었다. 이처럼 설정 하나하나에서 개별 인물들이 남모를 사정을 안고 있음을 발견할 수 있다.

컨트리하우스에서의 독살 사건을 그린 『스타일스 저택의 괴사건』은 당시 유행한 괴기 모험 대신 심리분석과 물적 증거, 논리적 사고만으로 사건을 해결하는 이야기다. 데뷔작임에도 섬세한 복선과 트릭으로 독자들을 속이는 테크닉이 빛을 발했다.

이외에도 크리스티는 컨트리하우스를 무대로 한 수작들을 많이 남겼다. 스타일스 저택은 하숙집으로 모습을 바꾸어 『커튼』(1975)에서 다시 한번 등장했다. 제1차 세계대전 후 컨트리하우스 양식의 유행은 점점 스러져 갔지만, 『커튼』은 컨트리하우스가 그 고유한 아이덴티티를 아직 가지고 있을 즈음의 작품이었다. 다만 전쟁이 한창일 때를 배경으로 하였기 때문에 저택에서의 우아한 일상을 그리고 있지는 않다. 전시(戰時)라서 생긴 습관이 예상치 못한 복선이 되기도 하니 유의하여 읽어보시길 바란다.

참고로『스타일스 저택의 괴사건』의 첫 출간 시 수록했던, 헤이스팅스가 그렸다는 설정의 약식도는 이후에도 그대로 사용되곤 했다. 그런데 이 약식도에는 신시어 머독의 이름이 잘못 적혀 있었다. 100년 동안이나 수정하지 않고 그대로 사용한 것을 보면, 크리스티의 실수가 아니라 헤이스팅스의 덤벙거리는 성격을 연출하는 장치였던 것으로 짐작된다. 다들 어떻게 생각하실는지?

『푸아로 사건집』(1924) [*김윤정 역, 2023년 황금가지]

『스타일스 저택의 괴사건』이 간행된 후, 에르퀼 푸아로라는 색다른 탐정에 큰 흥미를 보인 주간지 〈The Sketch〉의 편집자 브루스 잉그램은 크리스티에게 푸아로 시리즈를 의뢰했다. 그 결과 1923년 한 해 동안 〈The Sketch〉에 총 25편의 단편이 게재되었고, 이 중 11편을 선정해 엮은 책이 크리스티의 첫 번째 단편집『*Poirot Investigates*』[4]–『푸아로 사건집』이다. 나머지 14편은 1974년『*Poirot's Early Cases*』로 간행되었고, 그것이『푸아로 사건집 2』이다. (국내에서는『*Poirot's Early Cases*』를『푸아로 사건집 2』로 내지 않고, 출판사마다 일부 단편들을 추가·조정하여 새로이 엮은 번역본을 출간했다. 단편의 구성 측면에서 그나마 가장 비슷한 것은『빅토리 무도회 사건』(황금가지)이다.–역자 주)

즉 이 책은 크리스티가 이제 막 작가로 데뷔한 햇병아리 시절의 단편집이다. 초보다움이 묻어나는, 순수한 수록작들을 보면 절로 미소가 지어진다. 특히 홈즈에 대한 크리스티의 애정이 뚝뚝 묻어 나오는 점이 그렇다. 홈즈 시리즈의 2차 창작 같은 작품도 있다. 이때의 크리스티가 현대 일본에 살고 있었다면 분명 코미케에 참가하여 셜록 홈즈 동인지를 내고 있었을 것이다. (코미케(コミケ)는 매년 두 번 일본에서 열리는 세계 최대의 동인 행사인 코믹마켓(コミックマーケット)을 가리킨다.–역자 주)

크리스티 본인이 자서전에 남겼듯이, 수록된 단편들에서는 홈즈와 왓슨의 관계를 모방한 구조가 눈에 띈다. 탐정과 별개로 사건 서술자가 있고 그의 시선에서 이야기가 진행된다. 사건 서술자는 평범한 사람이며, 탐정과 동거하면서[5] 탐정을 돋보이게 하는 역할을 한다. 크리스티의 작품에는 주로 헤이스팅스 대위가 사건 서술자로 자주 등장한다.

헤이스팅스 대위는 『스타일스 저택의 괴사건』에 처음 등장했다. 전쟁으로 부상당해 요양 중일 때 예전에 벨기에에서 알게 된 푸아로와 재회했다. 고지식하고 정의롭지만 여성에게는 쉽게 물러지는 것이 단점이다. 때로는 푸아로에 대한 저항 의식을 불태우고, 자기 판단으로 움직이는 바람에 사태를 복잡하게 만드는 경우도 있다. 한편으로는 그가 별 생각 없이 한 말이 푸아로에게 사건 해결의 힌트로 작용하기도 한다. 헤이스팅스는 푸아로의 바보 취급에 발끈하지만, 막상 사건이 해결되면 푸아로의 추리 실력을 순순히 인정한다. 이러한 '환상의 콤비' 같은 모습이 이 작품의 전형적인 패턴이라 할 수 있다.

홈즈에 대한 오마주는 푸아로와 헤이스팅스의 관계만이 아니다. 예를 들어 「'서방의 별'의 모험」에서는 아파트 창문으로 길을 걷는 사람을 바라보면서 어떤 인물인지 맞혀 보려고 한다. 「싸구려 아파트의 모험」에서는 파격적으로 좋은 조건에 제공된 아파트로 많은 신청자가 몰리는데, 밑져야 본전이라는 생각으로 뛰어든 인물이 당첨되었다는 설정은 홈즈의 「빨간 머리 연맹」을 연상시킨다.

물론 가장 중요한 것은 따로 있다. 이 단편집의 최대 공적은 에르퀼 푸아로라는 탐정 캐릭터를 정착시켰다는 점이다. 은행장이 실종되자 사건의 해결을 둘러싸고 푸아로와 잽 경감이 내기하였던 「대번하임 씨의 실종」에서 푸아로는 다음과 같이 이야기한다.

"[전략] 의지해야 하는 것은-" 푸아로는 이마를 두드리며 말했다. "머리야. 작은 회색 뇌세포라고. 오감은 잘못된 결론으로 이끌지. 진상은 머리 밖에서가 아니라 머릿속에서 찾아야만 해."

또한 총리 납치 사건을 해결하기 위해 프랑스까지 조사하러 나갔던 「납치된 총리」에서는 이렇게 말했다.

제가 런던을 떠날 필요까진 없었습니다. 제 방에 조용히 앉아 있는 걸로도 충분했을 테죠. 중요한 것은 모두 이 안에 있는 회색 뇌세포입니다. 뇌세포는 가만히, 묵묵하게 제 임무를 다하고 있습니다.

어느새 푸아로의 대명사, '작은 회색 뇌세포'[6]가 멋지게 등장한다. "할아버지의 이름을 걸고(소년탐정 김전일의 명대사이다. – 역자 주)" 혹은 "우리 집사람이 말이죠(형사 콜롬보의 명대사이다. – 역자 주)"처럼, 특정한 탐정을 상징하는 명대사의 존재가 그 탐정의 캐릭터를 확립하는 법이다. '작은 뇌세포'는 에르퀼 푸아로가 어떤 탐정인지, 어떠한 추리 방법을 활용하는지 독자들이 자연스럽게 이해하게 하는 장치다.

똑같은 보석 도난 사건에 대하여 각각 다른 접근이 나타나는 「'서방의 별'의 모험」과 「그랜드 메트로폴리탄 호텔 보석 도난 사건」, 에드거 앨런 포의 「도둑맞은 편지」를 떠올리게 하는 「사라진 유언장 사건」, 당시 대대적인 뉴스였던 파라오의 저주에서 아이디어를 얻은 「이집트 무덤의 모험」, 이중 밀실을 테마로 한 「백만 달러 채권 도난 사건」까지.

단편들 속에서 푸아로는 헤이스팅스와 서로 놀려대며 소란을 떨다가 회색 뇌세포를 발휘하여 마지막에는 확실하게 사건을 해결한다. 이 아름다운 구성이 『푸아로 사건집』의 매력이다. 읽다 보면 비슷한 속임수가 반복되는 것을 눈치챌 수 있는데, 이는 훗날 크리스티만의 특기가 된다.

잔인한 장면이나 성적인 묘사, 까다로운 사회적·정치적 이슈 하나 없이, 세련되고 가벼운 느낌으로, 지적 자극이 흘러넘치는 단편집이다. 푸아로와 헤이스팅스 콤비의 만담 같은 대화를 즐겨 보기를!

시대의 증인, 제인 마플

　　　　　　　　푸아로와 어깨를 나란히 하는
또 다른 명탐정이 있다. 세인트 메리 미드 마을에 사는 할머니
다. 언뜻 보기에는 정원 가꾸기, 뜨개질, 독서가 취미인 아주 무
해한 할머니지만 마을에 떠도는 소문만으로 인간의 심리를 훤
히 내다보고, 그 어떤 어려운 사건도 자신의 인생 경험에 비추
어 단번에 진상을 꿰뚫어 본다. 등장하는 작품 수는 푸아로보다
적으나 그 인기는 푸아로 못지않게 높다.

　미스 마플은 푸아로 시리즈의 대표작인 『애크로이드 살인
사건』(1926) 무대화 과정에서 탄생했다. 요즘에도 소설을 무대
화ㆍ영화화할 때 크고 작은 각색이 이루어지는 것처럼, 왓슨과

비슷한 역할이었던 셰퍼드 의사의 누나 캐롤라인을 젊은 여성으로 바꾸어 푸아로와의 로맨스가 그려질 예정이었다. 하지만 크리스티는 이러한 각색을 썩 반기지 않았다.[7] 캐롤라인은 크리스티가 특별히 마음에 들어 한 캐릭터였기 때문이다.

소문을 좋아하는 호기심 덩어리인데다 엄청난 오지라퍼에 수다쟁이인 중년 아줌마. 하여튼 마을에서 일어나는 일이라면 모르는 게 없다. 우유 배달부나 저택의 메이드 등 온갖 군데의 정보통과 이어져 있고, 그들에게서 들은 소문을 바탕으로 자기 나름의 추리를 펼친다. 그중 절반은 망상이지만 실제로 거의 들어맞는 경우도 있다…….

무대의 캐롤라인이 각색되었다는 소식을 듣고 크리스티는 자서전에 "당시 나는 아직 몰랐었지만, 이때 세인트 메리 미드 마을의 미스 마플이 탄생한 것 같다."고 썼다. 동시에 마플의 통찰력은 크리스티 자신의 할머니를 모델로 한 부분도 있었다고 한다.

이리하여 마을의 정보통 할머니, 제인 마플이 탄생했다.[8] 마플은 어릴 때 독일인 가정교사에게 배우고 16세에 피렌체의 기숙학교에 들어갔다. 졸업 후에는 런던에 있는 자택으로 돌아갔다는 것 외에 더 이상의 과거는 밝혀지지 않는다. 『마술 살인』(1952)이나 『버트럼 호텔에서』(1965)에 나온 추억 회상 정도가 전부다. 줄곧 결혼하지 않고 노년의 나이가 된 지금은 세인트 메리 미드 마을에서 유유자적한 나날을 보내고 있다. 작가인 조카 레이먼드가 그녀에게 가정부를 붙여 주거나 여행을 보내 주기도 한다. 참고로 '마플'이라는 이름은 실제로 체셔주에 있었던 건물인 마플 홀(Marple Hall)에서 따왔다고 한다.

처음 등장했을 때의 설정은 65~70세 정도였다. 훗날 크리스티는 이렇게 오래 쓸 줄 알았으면 초등학생으로 설정할 걸 그랬다고 술회했다. 하지만 마플은 자신의 인생 경험을 바탕으로 추리하는 탐정이니 아무래도 초등학생 나이는 무리였을 것이다. 예전에 만난 사람들과 경험했던 일을 떠올리면서, 지금 일어난 사건과 비슷한 일이 있었을 때 그 사람은 어떻게 행동했는지 생각한다. 이와 같이 마플은 과거 사례를 바탕으로 자신의 추리를 짜맞춰 나간다.

푸아로가 이방인이라면, 마플은 완벽한 영국인이자 시대의 증인이다. 그녀는 빅토리아 시대의 영국에서 나고 자라 전쟁을 체험했고, 시대적 국면마다 세상과 사람의 마음이 어떻게 변화했는지 계속 지켜보았다.

컨트리하우스에 함께 살던 지주와 하인, 그들 사이에 명확한 계급 차이가 존재했던 시대를 마플은 똑똑히 기억하고 있었다. 시간이 흐르면서 컨트리하우스가 있던 자리에 점차 신식 주택이 늘어섰고, 노동계급의 젊은이들은 더부살이 하인이 되는 대신 도시로 일하러 떠났다. 상류층도 지금까지의 생활을 유지하기 어려워졌다.

'세계 제일' 대영제국은 두 차례 전쟁을 겪으며 서서히 몰락했지만, 그로부터 새로운 문화와 생활 양식이 태어나기도 했다. 빅토리아 왕조에서 비틀즈 선풍[9]까지, 여성은 교육받지 못하고 투표권도 없었던 시대에서 자기 스스로 좋아하는 일을 선택할 수 있게 된 시대까지, 마플은 빠짐없이 지켜보고 있었다.

마플은 그리운 지난날을 기억하고 옛 것을 소중히 여기면서도 새로운 문명을 주저 없이 즐길 줄 아는 숙녀다. 근방의 남성 형사들보다 훨씬 현명하고, 누구보다도 정확하게 진상을 꿰뚫어 보는 '신여성'이었던 것이다.

그랬던 마플은 이후 큰 변화를 겪게 되는데…… 이에 대해서는 뒤에서 더 이야기하기로 하자.

미스 마플을 알 수 있는 책 2권

『열세 가지 수수께끼』 (1932) [*이은선 역, 2013년 황금가지] ※별제『화요일 클럽의 살인』

일반적으로 미스 마플의 첫 등장은 『목사관의 살인』(1930, ※별제『목사관 살인사건』)이라고 알려져 있다. 하지만 이 단편집에 수록된 「화요일 밤 모임」이 잡지에 발표된 것은 1927년이고, 이후 1929년까지 「파란색 제라늄」 등의 단편소설 7편이 세상에 공개되었다. 그러니 이 단편소설들이야말로 미스 마플의 진짜 데뷔작이라고 할 수 있다.

주요 인물들이 정기적으로 모여 미해결 사건에 대해 이야기하는 것이 작품의 주된 줄거리다. 미스 마플의 조카이자 작가인 레이먼드를 시작으로 목사, 변호사, 런던광역경찰청(스코틀랜드 야드)의 전직 총감, 의사, 대령 부부, 신인 여류 화가[10], 여배우에 이르기까지 유명 인사들이 등장한다.(직업명에 '여류'나 '여(女)'를 붙이고 싶지 않지만, 이 작품에서는 주요 인물 가운데 나이 든 미스 마플과 대비해 '요즘 젊은 여자'를 배치한 점이 중요하기에 불가피하게 강조했다.)

첫 번째 단편 「화요일 밤 모임」에서는 한 부부와 컴패니언(부인의 말동무로 고용된 여성.『스타일스 저택의 괴사건』 부분 참조)이 함께 식사하다가 식중독에 걸리고 결국 부인이 사망하게 된다. 조사해 보니 음식에 비소가 섞여 있었다는 사실이 밝혀진다. 남편이 재산을 노리고 벌인 짓일까? 아니면 컴패니언에게 살해 동기가 있었던 것일까? 모임 구성원들이 모두 고개를 갸웃하는 가운데, 난로 옆에서 조용히 뜨개질하며 가만히 듣고만 있던 마플이 마을에서 일어났던 옛 사건을 예시로 들면서 명확한 진상을 추리하기 시작한다.

마지막 단편 「익사」를 제외한 모든 이야기는 이러한 '안락의자 탐정' 패턴으로 전개된다. 사라진 금괴의 비밀, 도보에 드문드문 떨어진 혈흔 같은 자국과 그 후 일어난 살인 사건, 점술사가 예언한 죽음의 수수께끼 등 다양한 사건들이 하나씩 소개되는데, 그때마다 마플은 일관된 태도로 마을에서 있었던 일에 비유하면서 척척 해결해 간다.

그저 마을밖에 모르는 할머니를 선심 써서 모임에 끼워줬다는 식으로 미스 마플을 무시하던 사람들이 점차 달라지기 시작한다. 이 세상의 모든 비밀을 알고 있는 것 같다며 찬사를 건네고, 분명 마플이 미해결 사건과 유사한 세인트 메리 미드 마을에서의 경험을 떠올릴 것이라 믿으면서 그녀의 추리 방식을 신뢰하게 된다. 마플을 바라보는 시선이 변화하는 점이 참으로 통쾌하다.

「성 베드로의 엄지손가락」과 「크리스마스의 비극」에서는 마플이 수수께끼 출제자가 된다. 전자는 조카의 누명을 벗기는 이야기고, 후자는 범인의 알리바이를 무너뜨리는 이야기다. 수수께끼를 내는 마플의 모습도 신선하게 다가온다.

『열세 가지 수수께끼』에서 마플은 "인간이란 모두 엇비슷한 존재죠. 다만, 아마 다행스럽게도 그 사실을 깨닫지 못할 뿐이에요."라고 말한다. 마을에서 일어난 사건을 추리에 끌고 오는 것은 이 때문이다. 관점이나 지위, 시대에 상관 없이 인간이라면 누구나 똑같다는, 그녀의 인생 경험에서 우러난 진리에 근거한 것이다. 미스터리의 주제는 언젠가 낡는다. 하지만 인간의 삶과 심리는 절대로 낡지 않는다. 인간은 어리석고, 실패를 두려워하며, 허세를 부리고, 욕심이 생기면 성급하게 굴고 만다. 하지만 아무리 시간이 흘러도 변함없이 어리석기에 도리어 사랑스러운 것이 또 인간이다. 90년 이상 지난 지금까지도 마플이 계속 사랑받는 이유는 바로 이러한 인간의 삶을 녹여냈기 때문이라 할 수 있다.

마플은 데뷔작 「화요일 밤 모임」에서 빅토리아 시대 패션으로 등장한다. 이 단편이 잡지에 게재되었을 때 레이스 칼라(collar)가 달린 옷을 입고 검은 모자를 쓴[11] 마플의 삽화가 함께 실렸다. 상냥한 미소를 지으면서도 예리한 눈빛이 인상적인 모습이다.

하지만 이후 장편소설에서는 현대적인 트위드 수트 패션에 우산이나 가방을 들고 돌아다니는 모습으로 등장한다. 앞선 모습에 비하면 훨씬 활동적인 차림새다. 이렇게 마플은 지나간 과거를 기억에 담은 채, 새로운 시대로 자신이 활약할 무대를 옮겼다.

『서재의 시체』 (1942) [*박선영 역, 2013년 황금가지]

어느 날 아침, 세인트 메리 미드 마을의 외곽에 있는 가싱턴 홀 저택[12]에서 소동이 벌어진다. 저택 주인인 밴트리 대령의 서재에서 젊은 여성의 시체가 발견된 것이다. 그런데 대령 부부와 하인들 모두 이 여성을 본 기억이 없다. 대령의 부인 돌리는 평소에 사이 좋게 지내던 마플에게 도움을 요청하기에 이른다. 한편 그 무렵 저택으로부터 수십 킬로미터 떨어진 호텔에서 한 무용수가 자취를 감추는데…….

『서재의 시체』는 미스 마플의 두 번째 장편이다. 코믹한 소설 도입부에서는 크리스티의 유머 감각이 단연 빛난다. 이 작품의 특징은 우선 제목만이 아니라 소재 그 자체인 '서재의 시체'이다. 서문에서 크리스티가 썼듯이 서재에서 시체가 발견되는 설정은 해외 미스터리에서 빈번히 등장한다. 대표적으로 홈즈 시리즈의 『공포의 계곡』이나 「춤추는 인형」, 크리스티의 작품 중에서는 『열세 가지 수수께끼』와 『애크로이드 살인 사건』, 『에지웨어 경의 죽음』(1933, ※별제 『13인의 만찬』)을 들 수 있다.

사건의 무대로 서재를 선택하는 이유는 무엇일까? 그곳이 집 주인의 사적인 공간이기 때문이다. 그래서 대체로 피해자는 저택 주인인 경우가 많다. 하지만 크리스티는 평소라면 그곳에 존재할 리 없는 낯선 젊은 여성의 시체를 배치함으로써 이야기 초반부의 의외성을 연출했다.

이 작품에서 크리스티는 '고정관념 트릭'을 반복적으로 발휘한다. 서재에서 발견된 시체니까 당연히 피해자는 남자인 줄 알았는데 사실은 여성의 시체다. 마플의 입장에서 밴트리 부인의 요청을 받았으니 당연히 세인트 메리 미드 마을을 주 무대로 하는 줄 알았는데 정작 이야기의 대부분은 관광지의 호텔에서 펼쳐진다. 여기까지는 아직 별 게 아니지만, 계속 읽어 나가면서 온통 'OO인 줄 알았는데 XX' 패턴으로 점철되었다는 것을 눈치챌 것이다. 크고 작은 속임수들이 계속 나타나는 가운데 미스터리 구조 그 자체를 꿈틀꿈틀 되돌리는 가장 큰 '고정관념 트릭'¹³이 독자들을 기다린다.

미스터리에는 수많은 약속이 있다. 예를 들면 외딴섬이나 눈보라 치는 산장에 갇혔다면, 이는 곧 한 사람씩 살해당하는 전개겠거니 쉽게 예상할 수 있다. 마찬가지로 이 작품에도 '이러한 상황에서는 이런 전개'라고 약속된 패턴이 있다. 그런데 '고정관념 트릭'의 교묘함에 가려져 독자들은 약속된 패턴이 등장했음을 알아차리지 못한다. 원래 같으면 매우 허술한 수수께끼임에도 이 트릭으로 인해 이야기가 복잡하고 기괴해지는 것이다.

또 하나, 이 책은 계급에 대한 이야기라는 점에 주목할 필요가 있다. 초반부터 졸고 있는 대령 부부와 허둥대는 하인들이 나란히 그려지고 마지막 장면까지 계급 이야기로 마무리된다. 그 외에도 수사하러 온 경관이 상류층의 심기를 거스르지 못하거나, 같은 계급끼리 동료의식으로 서로 감싸 주는 행동을 우려하는 등 계급을 의식하는 부분이 여기저기서 등장한다. 앞서 설명한 트릭의 사례 중에도 자신을 다른 계급처럼 보이도록 꾸며내는 에피소드가 있다. 무엇보다도 마플은 계급에 어울리지 않는 무언가를 통해 진실을 통찰하게 된다.

마을 사람들의 속사정을 훤히 꿰고 있는 데다 영국의 계급사회 분위기를 잘 아는 마플이기에 해결할 수 있었던 수수께끼다.

한편 이 작품에서 시체가 발견된 현장이었던 가싱턴 홀 저택은 정확히 20년 후 『깨어진 거울』(1962)에서 다시 한번 살인 사건의 무대가 되었다. 다만 저택 주인은 이미 바뀐 것으로 나온다. 시대의 흐름에 따라 세인트 메리 미드 마을도 변화하고 있었던 것이다.

나이를 먹는 토미&터펜스

         생각이 나면 즉시 움직이는 행동파 터펜스와 신중하고 상식적이지만 의외로 담대한 토미.

마치 자석의 N극과 S극 같은 부부가 만들어내는 코믹하고 스릴 있는 미스터리는 단편집을 포함해 고작 5편뿐이지만 높은 인기를 자랑한다. 시리즈의 세 번째 작품인 『N 또는 M』(1941)이 출간된 후 20년 이상 공백이 이어지자 "토미와 터펜스 둘 다 잘 지내고 있나요?"라고 물어보는 독자들도 있었다고 한다.

터펜스의 본명은 프루던스 L. 카울리. 서픽주에 있는 교회 목사의 딸로, 제1차 세계대전 중에는 런던의 장교용 병원에서 근무했다. 도드라진 턱선에 윤곽이 섬세하고 자그마한 얼굴, 곧게

뻗은 까만 눈썹 아래 커다란 회색 눈은 항상 호기심으로 반짝인다. 지루함을 제일 싫어하며 취미는 탐정소설 읽기다.

토미 역시 별명이다. 본명은 토마스 베레스퍼드. 제1차 세계대전에서 두 번 다쳤고, 이집트에서 휴전을 맞이하여 귀국했다. 한때 정보부에 몸담기도 했다. 숱이 풍성한 붉은 머리는 항상 깔끔히 정돈되어 있고, 그리 준수하지는 않으나 분위기가 좋은 편이다. 햇볕에 그을린 스포츠맨 느낌의 청년이다.

원래 소꿉친구 사이였던 토미와 터펜스는 전쟁 이후 길거리에서 우연히 재회했다. 마침 둘 다 전후 불황 때문에 실업자 신세였다. 토미&터펜스 콤비는 함께 돈을 벌어보자는 공동 목표로 깜짝 결성되었다.

터펜스가 풀 액셀을 밟고 가면 토미가 적절히 브레이크를 걸어주는, 당시에는 흔치 않게 서로 대등한 남녀 페어[14] 탐정이다. 각자 캐릭터가 이렇다 보니 토미&터펜스 시리즈는 항상 유머로 가득 차 있다. 활기 넘치게 종횡무진하는 두 사람의 모습은 책을 읽는 내내 즐거움을 준다.

이 시리즈의 가장 큰 특징은 토미와 터펜스가 현실의 시간적 흐름에 맞춰서 나이를 먹는다는 점이다. 첫 번째 작품 『비밀결사』(1922) 때는 "두 사람의 나이를 더해도 마흔이 채 안 되는" 젊은 나이였지만, 제2차 세계대전 시기를 무대로 한 『N 또는 M』에서는 40대 중반으로 나온다. 두 사람의 아이도 군대에서 일하고 있다. 1968년에 간행된 『엄지손가락의 아픔』에서는 머리카락이 하얗게 세기 시작했고, 실질적으로 크리스티의 마지막 작품이 된 1973년 간행작 『운명의 문』에서는 둘 다 일흔이 넘은 나이가 되었다.

이 시리즈의 묘미는 개별 작품마다 그 당시 영국이 안고 있던 문제를 자연스럽게 드러내고, 시간적 배경과 토미&터펜스 부부의 나이 변화에 맞춘 에피소드가 등장하는 점이다. 두 사람은 결혼하여 자식을 낳고 함께 전쟁을 헤쳐나간다. 어느새 성장한 자식들은 젊은 시절의 그들처럼 기성세대를 무시한다. 그 모습을 보며 부부는 쓸쓸한 웃음을 짓는다. 은퇴하고 나서는 하루하루 지루함에 몸부림친다. 갓난아기였던 토미와 터펜스의 자식은 대학을 졸업하고, 그들처럼 결혼하여 자식을 낳는다. 양로원에 계신 숙모의 병문안을 다녀오고, 부부는 자신들의 마지막 거처를 찾는다. 첫 번째 작품에서 토미와 터펜스의 조수로 고용되었던 소년 알버트는 어른이 되어 결혼한 후에도 그들의 신변을 돌봐주는 충직한 하인으로 곁에 머문다.

터펜스의 나이가 크리스티보다 대략 열 살 아래라는 설정을 고려하면, 크리스티는 터펜스에게 자신이 지나온 인생을 반영하였다고 볼 수 있다. 전쟁이 한창일 때, 전쟁이 끝난 후, 불경기일 때 등 각각의 시대마다 크리스티가 느끼고 생각했던 바는 소설 속 터펜스의 입을 통해 전달된다. 즉 토미와 터펜스는 푸아로, 마플과 달리 '인생'을 살아가는 캐릭터인 것이다. 독자는 그들과 함께 나이를 먹으며 세월에 따라 변해가는 그들을 감개무량한 마음으로 지켜본다. 마치 실제로 알고 지낸 사람을 마주하듯이.

토미&터펜스를 알 수 있는 책 2권

『비밀 결사』(1922) [*이수경 역, 2023년 황금가지]

———

제1차 세계대전이 끝나고 평화로운 일상을 되찾은 런던에서 소꿉친구인 토미와 터펜스가 오랜만에 다시 만난다. 실업자 신세였던 두 사람은 함께 〈젊은 모험가들(Young Adventurers, Ltd)〉이라는 회사를 차리고 아무 일이나 상관없이 일거리를 구한다는 신문 광고를 내려고 한다. 그러던 중 묘한 운명에 이끌려 영국의 극비문서 분실 사건에 휘말리고 만다. 토미가 정보국에서 일하던 때의 옛 상사에게 의뢰를 받으면서 영국 전역을 뒤흔드는 음모와 마주하게 되는데…….

『비밀 결사』는 데뷔작『스타일스 저택의 괴사건』에 이은 두 번째 장편으로, 전작과 180도 다른, 활기차고 코믹한 분위기의 스파이 소설이다. 크리스티는 자서전을 통해 이 작품이『스타일스 저택의 괴사건』집필 이후 기분 전환으로 쓴 첩보물이었다고 밝혔다. 그녀의 말대로 고요한 느낌이 강한 전작에 비해 이 작품은 행간에서 톡톡 생기가 튀어오르는 듯한 오락적 분위기가 가득하다. 젊은 시절의 크리스티가 매우 즐겁게 집필한 소설이라고 한다.

스파이 소설이라고는 하지만 존 르 카레(John le Carré)나 그레이엄 그린(Graham Greene)[15] 같은 작가의 작품을 생각해서는 안 된다. 예를 들어 홈즈의「해군 조약문」이나 모리스 르블랑(Maurice Leblanc)의《아르센 뤼팽 시리즈》에 나오는 악역처럼, 혹은『명탐정 코난』의 검은 조직(일본의 유명 추리만화『명탐정 코난』에서 주인공 쿠도 신이치에게 'APTX4869'라는 알약을 먹여 어린 아이로 변하게 만든 의문의 범죄 조직이다.-역자 주)처럼, 크리스티가 그리는 스파이는 일종의 아이콘에 불과하다. 어쨌든 국가적인 사건을 해결하기 위해 단지 탐정소설 팬일 뿐인 왕초보 청년에게 스파이 노릇을 부탁하는 이야기니 말이다.

『애거사 크리스티 완전 공략』(한겨레출판)에서 평론가 시모쓰키 아오이(霜月蒼)가 훌륭히 설명하였듯이 크리스티의 스파이 소설은 '역할 놀이'다. 원래 기세만 잔뜩 들어서 제멋대로 구는 스파이 놀이가 제일 재미있기 마련이다.

물론 이게 다는 아니다. 『비밀 결사』에는 무시할 수 없는 중요 포인트가 세 가지 있다.

첫째, 제1차 세계대전 후의 청년들이 어떠한 상황에 있었는지를 묘사하고 있는 점이다. 전장에서 돌아온 남성들은 각자 직장으로 복귀했고, 여성들은 다시 가정으로 돌아갔다. 그러나 청년들은 군에서 돌아왔어도 일할 수 있는 곳이 없었다. 크리스티의 집에도 이런 청년들이 스타킹이나 가정용품, 때로는 자작시를 팔러 왔다고 한다. 고통스럽고 절망적인 상황에 놓인 청년들이 공허한 마음을 품은 채 활약하는 것이 이 책의 대전제인 셈이다.

둘째, 미스터리로서의 정교함이다. 스파이 소설이기는 하지만 크리스티는 명불허전 미스터리 작가로서의 역량을 여지없이 발휘한다. 특히 이상한 인물 배치가 주목된다. 수상해 보이는 사람, 수상하지 않아서 오히려 의심스러운 사람 등 인물 관계도 속에도 속임수가 숨겨져 있다. 크리스티가 독자들을 어딘가로 유도하면서 계속 함정에 빠트린다는 측면에서 이 작품 역시 치밀한 수수께끼를 해결해 가는 추리소설이라 할 수 있다.

마지막으로 두 남녀의 만남부터 연애, 결혼까지 그려낸 로맨스 소설임을 강조할 필요가 있다. 소꿉친구끼리의 우연한 재회도 그렇고, 토미와 달리 부유한 남성이 등장해 터펜스에게 프로포즈하는 것도 로맨스 소설의 클리셰다. 하지만 터펜스는 그의 프로포즈를 신경 쓰기보다 연락이 두절된 토미를 더 걱정하면서 자신의 마음을 깨닫는다. 결국 토미와 터펜스의 결혼으로 피날레를 맞이한다. 이 모든 흐름은 제인 오스틴 이래의 로맨스 소설 구조를 따라 전개되고 있다.

스파이는 한낱 '놀이'에 불과했지만 두 사람의 '진짜' 인생은 여기서부터 출발한다.

『부부 탐정』(1929) [*나중길 역, 2007년 황금가지]

토미와 터펜스의 결혼 후 6년이 흘렀다. 평화롭지만 아무 일도 일어나지 않는 나날에 터펜스가 슬슬 질려갈 때쯤 뜻밖의 소식이 날아든다. 토미의 옛 상사인 정보국 장관의 알선으로, 소장이 체포되면서 붕 떠버린 국제비밀탐정사를 토미&터펜스 부부가 이어받게 된 것이다. 목표는 전 소장과 결탁하고 있던 소련 스파이를 밝혀내는 것이었다. 하지만 시시하게 소련 스파이에 골몰할 수는 없다. 운 좋게 탐정 사무소를 열게 되었으니 이제 명탐정으로 활약해줘야 인지상정! 이

리하여 탐정소설 마니아인 토미&터펜스의 '탐정 역할 놀이'가 시작
되었다.

앞서 첫 번째 작품 『비밀 결사』를 '역할 놀이'라고 설명했는
데, 여기서는 한술 더 떠서 그냥 모든 편이 진짜 '놀이'다. 안 그
래도 놀기 좋아하는 두 부부가 고삐 풀고 제대로 논다.

수록된 단편은 총 17편이다.[16] 제1화 「아파트의 요정」에서는
약 7년 만에 독자들에게 돌아온 두 사람의 근황을 보고하면서
국제비밀탐정사를 인계하라는 제안을 받는다. 소위 프롤로그
격의 단편이며, 사건은커녕 딱히 별일도 일어나지 않지만 이 단
편집의 전반적인 분위기를 대변한다.

『부부 탐정』은 한마디로 스타일리시한 부부 만담의 향연이
라 정의할 수 있다. 터펜스가 느끼는 지루함을 전달하기 위한
대화가 이어지는데, 토미&터펜스 콤비가 나누는 말 하나하나
가 세련되고 재치 있어서 전혀 질리지 않는다. 사이좋고 머리
도 좋은 두 사람의 화목한 관계를 보면서 흐뭇하게 웃어버리게
된다. 이와 같은 토미&터펜스의 시끌벅적함[17]이야말로 단연 이
단편집의 메인이다.

탐정소설 마니아인 두 사람은 탐정사무소를 열고 나서 매번

모범이 될 만한 명탐정을 정하여 그들을 따라 한다. 홈즈처럼 의뢰인의 당일 행적을 맞히려고 하거나, 토미가 서툴게 바이올린을 켜는 바람에 터펜스의 얼굴이 찡그려지기도 한다. 동일 인물이 동시에 두 장소에 있었다는 알리바이를 무너뜨린 「완벽한 알리바이」에서는 크로프츠(Freeman Wills Crofts)가 탄생시킨 프렌치 경감 캐릭터를 계속 염두에 두었고, 「안개 속의 남자」에서는 체스터턴(Gilbert Keith Chesterton)의 소설 속 브라운 신부를 따라 하느라 신부복 차림으로 걷다가 사건을 맞닥뜨린다. 「서닝데일 사건」에서는 바로네스 옥시의 소설에 등장하는 안락의자 탐정 '구석의 노인'처럼 카페에서 매듭을 만지작거리기도 한다. 아주 유명한 탐정 이름이 나오는 편도 있는가 하면, 전혀 모르는 탐정에게 관심을 가지는 편도 있다. 어떤 의미에서는 황금기의 명탐정 가이드인 셈이다.

이들이 단지 탐정 캐릭터를 흉내 내면서 논다고 이 작품을 패러디 작품이라고 할 수는 없다. 미스터리 마니아에게는 약간 부족한 느낌이 들 수 있지만, 토미와 터펜스, 그리고 크리스티의 미스터리 사랑을 지켜보면 절로 웃게 된다. 알리바이를 깨고, 암호를 풀고, 살인이 발생하는 등 개별 단편들은 다채로운 소재와 사건으로 채워져 있다. 읽다 보면 두 사람의 추리에 무릎을 탁 칠 수도 있지만, 이 단편집의 핵심은 뭐니 뭐니 해도 토미&터펜스 콤비의 시끌시끌한 대화에 있다.

명탐정 따라 하기만큼 셀프 패러디도 재미있는 부분이다. 예를 들어 「서닝데일 사건」 중 골프장에서 살인 사건이 일어났고 갈색 옷을 입은 여자가 목격되었다는[18] 내용은 그동안 크리스티 작품을 읽어온 팬이라면 곧바로 웃음이 나올 설정이다. 마지막 편인 「16호였던 사나이」에서는 푸아로와 헤이스팅스를 흉내 내어 회색 뇌세포를 발동시킨다. 작중에서 푸아로는 '소설 속 명탐정'인 것이다. 이 얼마나 훌륭한 메타픽션인가!

참고로 전작에서 고용되었던 알버트도 격식 높은 탐정사무소의 일을 돕는 소년 역할을 즐기며 연기한다. 마지막 편을 끝으로 이들의 '놀이'는 막을 내린다. 독자들은 제2차 세계대전이 발발한 후에야 다시 토미&터펜스 콤비를 만날 수 있었다. 전쟁은 더 이상 놀기만 할 수 없는 시대를 불러오고 말았다.

침묵이 빛나는 수사관, 배틀 총경

스코틀랜드 야드에서 근무하는 배틀 총경은 근실하고 침착한 수사관이다. 그는 푸아로처럼 강렬하지도, 미스 마플처럼 친근하지도 않다.

배틀 총경은 중년의 나이로 탄탄한 체격과 무뚝뚝한 얼굴이 특징이다. 냉철한 탐정보다는 둔하고 멍청한 심부름꾼 같은 인상을 풍긴다. 하지만 어떤 등장인물은 그를 보며 늠름하고 사람들의 관심이 쏠리는 덩치 큰 사나이, 동시에 철저히 영국인스러운 느낌을 주는 남자라고 생각한다. 게다가 배틀 총경은 절대로 멍청한 바보가 아니라고 단언하기까지 한다.

무슨 생각을 하는지 전혀 표정에 드러나지 않지만 결코 방심할 수 없는 한 방을 가진 남자, 그것이 바로 배틀 총경이다. 그는 스코틀랜드 야드의 두터운 신뢰를 받고 있고, 미묘한 정치적 성격을 띤 많은 사건을 다루었던 거물급 인사다.

그의 수사 방식은 가만히 지켜보며 용의자가 실수하기를 기다리는 것이다. 한 명 한 명의 움직임을 끈기 있게 관찰하고, 상황이 안 좋아져도 방법을 바꿔가며 끝까지 버틴다. 그렇게 배틀 총경은 실패를 모르는 무적의 수사관이 되었다.

배틀 총경은 조용한 사람이다. 이렇게 조용한 탐정은 지금까지 크리스티의 다른 작품에서 한 번도 보지 못한 캐릭터다. 사실 푸아로나 마플, 토미&터펜스가 지나치게 수다스럽고, 배틀 총경 같은 탐정이 일반적이기는 하다. 또한 그는 아내에게는 좋은 남편이자 다섯 아이의 좋은 아버지[19]다. 별로 눈에 띄지는 않아도 성실히 일하고 가정을 소중히 여기는 탐정이라니, 훌륭하지 아니한가!

어딘가 특이한 탐정들의 어머니인 크리스티가 이러한 정통파(?) 수사관을 선보인 이유는 무엇일까? 개인적으로는 찰스 디킨스의 『황폐한 집』(1853)에 등장하는 버킷 경감을 오마주한 것 같다. 버킷 경감은 가정적이고 아이들을 사랑하는 한편, 사건 수사에 있어서는 날카로운 통찰력을 발휘한다. 크리스티는 디킨스의 작품 중 『황폐한 집』을 가장 좋아해서 이 영화의 시나리

오를 쓴 적도 있었다(하지만 영화는 제작되지 못했다).

버킷 경감을 원형으로 추정하는 이유는 하나 더 있다. 배틀 총경이 처음 등장한 『침니스의 비밀』(1925)이나 그 속편인 『세븐 다이얼스 미스터리』(1927)의 화자는 별개의 인물이고 전반부까지 배틀 총경의 존재감은 미미하다. 그는 사건이 절정에 달했을 때, 즉 이야기가 거의 끝나갈 무렵에야 전면에 나선다. 『황폐한 집』의 버킷 경감도 처음에는 조연에 불과하나 거의 막바지에 이르면 이야기의 중심에 선다. 구성 면에서 배틀 총경이 등장한 소설들과 꼭 닮았다.

배틀 총경이 활약하는 대표적 작품은 『0시를 향하여』(1944)다. 그의 사생활이 처음으로 공개되는 작품이기도 하다. 이상적인 아버지로서의 모습을 보여주는 점이 중요 포인트다.

그 밖에 『테이블 위의 카드』[20](1936)와 『살인은 쉽다』(1939)가 있다. 『테이블 위의 카드』는 푸아로를 비롯한 다른 시리즈의 캐릭터들과 공동 수사를 펼치는 특별한 작품이다. 『살인은 쉽다』에서는 마지막 부분에만 잠깐 나와서 수수께끼를 해결한다. 이는 어쩌면 이야기가 다 끝나기 전에 한 번은 주연으로서 등장시켜야 한다는 크리스티의 생각이 반영되었기 때문일지도 모른다.

배를 총경을 알 수 있는 책 1권

『0시를 향하여』 (1944) [*이선주 역, 2013년 황금가지]

———

정성껏 공들여서 다듬은 구성이 일품인 소설이다.

프롤로그에서 어느 늙은 법조인이 추리소설에 대한 자신의 지론을 늘어놓는다. 그는 추리소설이란 대개 출발점이 잘못되어 있다고 주장한다. 살인에서 이야기가 시작되지만, 사실 살인은 그 결과라는 것이다.

"이야기는 살인 이전부터 시작되고 있네. 때로는 수년 전부터 말이야. 수많은 요인과 사건들의 결과로 어떤 인물이 어느 날 몇 시, 어떤 장소를 향해 간다는 말일세."

"모든 게 하나의 점을 향해 모여드는 거야. 그리고 그 시간이 되었을 때 정점에 달하는 거지. 0시 말일세. 그래, 모든 게 0시를 향해 모여드는 거야."

제1장에서는 다양한 인물들의 군상이 조각조각 이어진다. 자살에 실패한 청년 맥위터, 이혼한 전 부인 오드리와 다시 마주친 유명 스포츠 선수 네빌, 이를 보고 질투하는 현 부인 케이

와 그녀를 남몰래 사랑하는 남자, 항상 묵었던 호텔에 갈 수 없게 되어 행선지를 고민하는 트리브스, 말레이시아에서 일하다가 오랜만에 영국에 돌아온 로이드, 기숙학교에 있는 딸의 절도 혐의를 듣게 된 배틀 총경, 마지막으로 범죄 계획을 짜고 있는 듯한 인물까지.

이들은 제2장에서 우연인지 필연인지 같은 휴양지에 모이게 되고, 네빌과 오드리, 케이의 삼각관계에 불온한 공기가 흐르던 중 마침내 사건이 발생한다.

즉 이 작품은 프롤로그에서 늙은 법조인이 말한, '살인은 시작이 아닌 결과'라는 논리에 입각하여 전개된다. 제1장에 등장한 개별 인물들의 각기 다른 행동이 어디를 향하여 모여들고 있는가? 가까이 숙박하고 있다는 것 말고는 아무 관계도 없던 인물이 어떻게 사건의 중심에 서게 되는가? 한마디로 독자들에게 0시(살인)까지의 카운트다운을 보여주는 것이다.

바꿔 말하면, 사건이 일어났을 때 이미 모든 힌트가 나왔다는 점에서 참으로 공정한 추리소설이 아닐 수 없다. 그래도 여간해서는 추리가 어려운 건 마찬가지다. 크고 작은 함정을 수없이 파놓았고 갈수록 서사가 꼬여가니 주의하시길. 다 읽고 나서는 '모든 게 모여드는 0시'란 어느 시점에 일어난 일을 말하는지, 또한 '모든'은 어디까지 포함하는지를 곰곰이 되짚어보길 바란다.

뒤에서도 자세히 소개하겠지만, 1930년대 중반부터 크리스티는 사건이 일어나기까지의 묘사에 많은 분량을 할애하기 시작했다.[21] 처음부터 사건을 배치해 독자의 시선을 끌기보다 사건 이전의 상황을 충분히 설명한다. 그리고 어느 시점에 도달했을 때, 그동안 쌓여온 요소들이 하나의 사건으로 팡 터지는 드라마를 보여주고자 한 것이다. 『0시를 향하여』는 이러한 서술 방식의 종착점이라고 할 수 있다.

『0시를 향하여』에서 한 가지 주목할 점은 현대 사회의 이슈이기도 한 어떤 사회병리를 다루고 있는 점이다. 나는 1980년대에 이 작품을 처음 읽었는데, 당시에는 아무리 애써도 한 인물의 심리를 도저히 이해할 수 없었다. 하지만 2020년대에 접어든 지금은 그와 비슷한 사람들이 현실에도 버젓이 존재함을 잘 알고 있다. 예전에는 도무지 이해하기 어려웠지만 이제는 학술적 개념으로까지 명명된 현상을 무려 80년 전의 소설에서 다루었다는 사실에 놀라지 않을 수 없다. (『0시를 향하여』 속 살인 사건의 범인은 사이코패스(Psychopath)였다는 분석이 지배적이다. '사이코패스'라는 개념은 1800년대부터 존재했으나, 이것이 살인 범죄자의 특성으로서 일반 사회에 널리 알려진 것은 최근의 일이다.-역자 주)

또한 푸아로의 이름이 거론되는 부분도 의외의 재미를 준다. 배틀 총경은 수사 도중 막혔을 때 『테이블 위의 카드』에서 알게 된 탐정 푸아로를 떠올리고 그의 수법을 모방하여 결국 활로를 찾아낸다.

참고로 이 책이 출간된 것은 1944년이지만, 크리스티가 원고를 완성해 출판사에 넘긴 것은 1941년이다. 당시 크리스티가 잠시 출판을 보류해달라고 부탁했다고 한다. 전쟁 통에 만일의 상황이 생기거나, 추후 집필이 어려워질 수도 있겠다는 우려에 일종의 보험처럼 남겨 두고 싶었다고.

여담 1959년에 간행된 폰타나북스(Fontana Books, 영국 출판사)판 표지에는 트릭 자체를 묘사한 일러스트를 넣었다. 이 얼마나 대담한 스포일러인가!

단편소설 속 개성적인 탐정들

등장한 작품은 적지만 반짝이는 두 캐릭터가 있다. 바로 파커 파인[22]과 할리퀸이다. 둘 다 단편집 한 권에만 등장하는 캐릭터지만, 다른 탐정에게는 없는 그들만의 개성이 많은 독자에게 강한 인상을 남겼다.

파커 파인은 관청에서 통계 수집 업무[23]를 담당하다가 퇴직 후 리치몬드 거리 17번가에 해결사 사무실을 차렸다. 그는 '불행은 기껏해야 다섯 가지'라는 신념을 가진 인물로, 타임스지에 "당신은 행복하십니까? 그렇지 않으신 분은 파커 파인과 상담하십시오"라는 광고를 낸다. 의뢰인의 고민을 들으면 이를 해결하기 위한 계획을 세우고, 때로는 의뢰인도 놀랄 만큼 기상천

외한 방법으로 해피 엔딩을 선사하는 것이 일반적인 패턴이다. 사기꾼 느낌이 다분한, 행복 전도사라고 할 수 있다.

은퇴 후 해결사 사무실을 차렸으니 파인은 대략 60대 정도의 나이로 추정된다. 뚱뚱하지는 않지만 커다란 체격이며, 두상이 예쁜 대머리에 도수 높은 안경을 쓰고 다닌다. 푸아로나 마플과 비슷한 연령대라는 설정을 피할 만한데도 또 한 번 대머리 노인 캐릭터를 만들어 낸 것으로 볼 때, 크리스티 본인이 이런 분위기의 탐정 캐릭터를 선호했던 것 같다.

한편 파인의 비서였던 미스 레몬은 나중에 푸아로의 비서가 되고, 계획을 세울 때 전체적인 줄거리를 고안하는 역할인 올리버 부인[24]은 세계적으로 유명한 추리소설 작가로서 푸아로와 교류하게 된다.

파인은 사회적 지위가 있는 영국인 남성이라는 점에서 크리스티의 다른 시리즈 캐릭터들과 차별된다. 그는 외국인 푸아로, 할머니 미스 마플, 아무 뒷배도 없는 토미와 터펜스와 달리 사회적 신용을 가졌다. 동시에 공직자인 배틀 총경은 절대 할 수 없는 방법으로 문제를 해결한다. 파인은 오직 그만이 가능한 일을 하는 것이다.

할리퀸(Harley Quinn) 역시 색다른 캐릭터다. 이 시리즈의 화자는 60대 노년 신사 새터스웨이트다. 새터스웨이트는 가십을 즐기는 마당발로 남의 인생을 마치 드라마 보듯이 관망하는 인물이다. 이러한 그가 어떤 사건에 맞닥뜨렸을 때, 어디선가 불쑥 나타나 진실로 인도하는 것이 바로 할리퀸이다.

할리퀸은 마르고 키가 큰 흑발의 남성이다. 그가 등장할 때마다 조명 효과로 인해 일곱 빛깔 무지개색으로 물든 것처럼 보이기도 한다. 여기서 무지개색이 포인트다. '할리퀸(Harlequin)'이라 불리는 이탈리아 광대가 항상 컬러풀한 기하학 무늬 옷을 입기 때문이다. (할리퀸은 우리가 '서양 광대'하면 떠올리는 이미지의 원류이다. 원래는 이탈리아 희극에 등장하는 광대 캐릭터인데, 나중에는 로맨스물의 주인공[25]까지 맡게 된다.-편집자 주) 이름이 비슷하고 무지개색 머리카락 때문에 독자들은 물론이고 새터스웨이트조차 퀸과 할리퀸을 겹쳐보았다. 어디에나 있으면서 절대 손에 잡히지 않는 존재라는 점도 서로 비슷하다.

퀸은 직접 추리하는 캐릭터가 아니다. 단지 새터스웨이트에게 시사점만 던져줄 뿐이다. 덕분에 새터스웨이트는 사건의 진상에 점점 다가가게 된다.

그들이 만나는 사건은 모두 연애와 관련되어 있고 퀸의 캐릭터 특성상 환상적인 분위기가 강하다. 어른들을 위한 쌉싸름한 맛이 이색적인 시리즈라고 할 수 있다.

파커 파인을 알 수 있는 책 1권

『파커 파인 사건집』(1943) [*김시현 역, 2022년 황금가지] ※별제『명탐정 파커 파인』

———

『파커 파인 사건집』에는 파커 파인 시리즈 작품 14편이 모두 수록되어 있다.

전반부 6편은 '당신은 행복하십니까?'라는 신문 광고를 보고 사무실에 방문한 사람들에게 파인이 치밀하게 계획한 속임수로 행복을 가져다주는 이야기이다.

우선 파인은 남편의 바람 때문에 깊은 고민에 빠진 부인과 상담하는 「중년 부인」에서 자신의 솜씨를 선보인다. 「불만스러운 군인」은 너무 뻔한 것 같지만, 의외의 전개로 재미를 선사한다. 「괴로워하는 여인」이 변화구, 「불행한 남편」은 첫 번째 편인 「중년 부인」의 성별 반전 버전이다. 하지만 그렇게만 생각하고 읽다 보면 큰코다치게 된다. 「회사원」은 무조건 수수료로 5파운드밖에 못 낸다는 회사원에게 파인이 생각지 못한 방법으로 화답한다. 전반부의 마지막 편인 「부유한 미망인」에서는 가장 큰 스케일의 속임수를 즐길 수 있다.

전반부를 읽고 나면 파인이 의뢰인들의 고민 해결에 실질적으로 주는 도움은 거의 없음을 알 수 있다. 「괴로워하는 여인」을 제외한 나머지는 모두 파인이 약간의 준비만 도와줄 뿐 의뢰인이 스스로 고민을 해결한다. 크리스티는 이 단편집을 통해 아주 작은 계기, 아주 작은 발상의 전환으로 누구든지 불행을 행복으로 바꿀 수 있다고 전한다. 특히 크리스티가 가장 좋아한다고 언급한 바 있는 「불행한 남편」과 「부유한 미망인」은 이러한 메시지를 보다 직접적으로 드러낸다.

크리스티가 어떤 불행이든지 행복으로 바꿀 수 있다는 메시지를 전달하려 한 데에는 나름의 이유가 있다. 1926년 『애크로이드 살인 사건』으로 크리스티는 단번에 유명해졌지만, 당시 그녀는 개인사로 인해 말 그대로 너덜너덜한 상태였다. 사랑하는 어머니의 죽음, 남편 아치의 불륜과 이혼 요구로 크게 상심한 크리스티는 급기야 실종되기에 이르렀고, 이는 대대적인 가십거리가 되었다.

그러나 1930년 고고학자인 맥스 맬로언과 재혼해 중동 여행과 고고학이라는 새로운 취미를 발견했고, 새로운 반려자와 함께 새로운 집에서 새롭게 살아가기로 결심했다. 이후 1932년 한 잡지에 《파커 파인 시리즈》를 연재하기 시작하였다. 이제 막 새로운 인생길에 발을 내딛은 크리스티가 '불행을 행복으로 바꿀 수 있다'는 메시지의 단편들을 집필한 것은 결코 우연이 아니라는 생각이 든다.

맥스와의 재혼은 『파커 파인 사건집』의 후반부에 큰 영향을 미쳤다. 일곱 번째 편 「원하는 것을 다 가졌습니까?」부터 열두 번째 편 「델포이의 신탁」까지는 그리스와 중동 지역이 무대다. 파인은 중동을 여행하는 과정에서 맞닥뜨린 사건들을 해결하면서 행복 전도사가 아닌 어엿한 탐정으로서 활약한다. 이들 6편이 잡지에 게재될 당시 제목은 「파커 파인의 아라비안 나이트」였다.

「원하는 것을 다 가졌습니까?」에서 파인은 생플롱 오리엔트 특급열차를 타고 튀르키에 이스탄불로 간다. 이어서 「바그다드의 문」에서는 시리아 다마스쿠스에서 이라크 바그다드로 향한다. 「시라즈의 집」은 이란 테헤란에서 시라즈로 이동하고, 「값비싼 진주」는 요르단 페트라에서의 일을 그린다. 이집트로 건너온 「나일 강 살인 사건」에서는 나일강 하행선을 즐긴다. 마치 사막의 모래 먼지가 눈앞에 자욱해지는 듯한 여정의 미스터리 작품들이다. 파인이 방문한 중동 지역들은 모두 크리스티와 맬로언이 신혼 시절에 여행한 장소들이었다.

크리스티는 맬로언과 재혼 후 『나일 강의 죽음』(1937)을 비롯하여 중동을 무대로 한 많은 작품을 집필했고, 이 중 몇몇 편은 훗날 그녀의 대표작으로 손꼽히기도 한다. 『파커 파인 사건집』은 크리스티의 첫 번째 중동 미스터리[26]이고, 따라서 이 책에 수록된 작품들은 전반부와 후반부를 통틀어 크리스티의 전환기를 상징한다고 볼 수 있다.

마지막 2편, 「폴렌사 만의 사건」과 「레가타 미스터리」는 파인의 단편집 『*Parker Pyne Investigates*』가 나온 후 잡지와 신문에 게재되었다. 특히 「레가타 미스터리」는 원래 푸아로 시리즈의 작품 중 하나로서, 『열 명의 작은 인디언』(소겐 해외 미스터리)에 「푸아로와 레가타 미스터리」라는 제목으로 수록되기도 했다.

할리퀸을 알 수 있는 책 1권

『신비의 사나이 할리퀸』(1930) [*나중길 역, 2017년 황금가지] ※별제 『수수께끼의 할리퀸』

———

새터스웨이트가 초대된 하우스 파티에서 과거의 사건 하나가 화제에 오른다. 그 저택의 전 주인이 결혼을 앞두고 행복한 나날을 보내다 돌연 총으로 자살한 사건이었다. 그의 죽음에 관해 이야기하던 중, 갑자기 낯선 남자가 자동차 고장을 호소하며 저택에 찾아온다. 자신을 '할리퀸'이라고 소개한 남자는 저택의 전 주인을 알고 있었다. 파티 참가자들은 퀸의 질문을 듣고 당시의 일을 떠올리고, 하나 둘씩 잊고 있었거나 간과하였던 기억을 꺼내놓기 시작하는데…….

여기까지가 첫 번째 편 「퀸의 방문」의 도입부다. 할리퀸은 직접 사건을 해결하지는 않지만 모든 것을 꿰뚫어 보고 있는 것처럼 느껴진다. 그의 유도에 따라 조금씩 다른 각도에서 사건을 조명하게 되는 과정이 중요 포인트다. 이후 편에서는 새터스웨이트가 어떤 사건을 마주하면 어디선가 홀연히 퀸이 등장하고, 퀸과의 대화를 통해 진상에 다다르는 전개가 반복된다.

새터스웨이트와 퀸의 관계도 실로 흥미롭다. 「어릿광대 여관」에서 새터스웨이트가 퀸에게 마술사인 것 같다고 말하자, 퀸은 마술을 쓰는 사람은 자신이 아니라 새터스웨이트라고 답한다. 그러자 새터스웨이트는 다음과 같이 화답한다.

"하지만 당신이 없으면 그렇게 할 수 없는 걸요."

여섯 번째 편 「바다에서 온 사나이」에서 새터스웨이트는 '촉매 작용'이라는 표현을 쓴다. 그는 '그 자체는 변하지 않는 물질에 의해 달성되는 화학 변화'라고 정의하면서 퀸은 "촉매 작용이라는 말로 표현하기에 그야말로 안성맞춤인 인물"이라고 평한다.

　이러한 평가는 퀸이라는 캐릭터를 가장 정확하게 묘사한 것이다. 퀸 때문에 발생한 '화학 변화'는 개별 사건들이 해결되었다고 해서 바로 이해되지 않기 때문이다. 할리퀸 시리즈 전체를 읽어야만 새터스웨이트의 뚜렷한 변화를 알 수 있다. 이를 분명하게 보여주는 편이 「바다에서 온 사나이」다.

　초반부의 새터스웨이트는 그저 방관자였다. 무대 바깥에서 남의 인생을 드라마 보듯이 지켜보기만 했다. 그러나 퀸과 만난 다음부터 그는 조금씩 자기 자신을 무대 위에 올리기 시작한다. 방관자에서 참여자로, 관객에서 배우로, 나아가 주인공으로 거듭난다. 이야기가 전개됨에 따라 퀸의 비중은 점차 적어지고 대신 새터스웨이트 스스로 퀸의 방식을 떠올리면서 진실에 다가간다. 즉 이 단편집은 인생의 방관자였던 노년의 신사가 자신의 삶을 다시 알아가는 이야기라고도 할 수 있다.

　그렇다면 여전히 아리송하기만 한 퀸은 도대체 어떤 존재일까? 초반 편에서는 가끔 새터스웨이트의 앞에 나타나 사건 해결의 힌트를 주는 명탐정처럼만 보인다. 그러다 「바다에서 온 사나이」에서 독자들은 확실히 이상함을 감지한다. '혹시 퀸이 인간이 아닌 건가?' 싶은 묘사가 나오기 때문이다. 이러한 의문은 후반부 「세상의 끝」, 「할리퀸의 오솔길」까지 이어진다.

이외에 퀸이 등장하는 단편으로는 「사랑의 탐정」(『쥐덫』 수록)과 「할리퀸 티 세트」(『검찰 측의 증인』 수록)가 있다. 또한 푸아로 시리즈의 장편소설 『3막의 비극』(1934)에서는 새터스웨이트가 깜짝 등장한다. 할리퀸 시리즈와 함께 읽어보기를 권한다.

1   1893년부터 1959년까지 영국에서 발행된 그래픽 주간지로, 상류층이나 예술 · 문화 관련 이슈를 다루었다. 이 잡지에서 탄생한 개 캐릭터 '본조'는 영국에서 큰 인기를 끌었다.

2   1907년 가스통 르루의 『노란방의 비밀』[*가스통 르루 저, 최윤권 역, 2015년 해문출판사]에서 처음 등장한 18세의 신문기자 캐릭터다. 본명은 조제프 조제팽이지만 머리가 크고 공 같다는 의미에서 룰타비유라는 애칭으로 불린다.

3   크리스티에게 영향을 준 홈즈 시리즈 중에도 단편 「너도밤나무집」(『셜록 홈즈의 모험』[*아서 코난 도일 저, 백영미 역, 2002년 황금가지] 수록), 「애비 그레인지 저택」(『셜록 홈즈의 귀환』[*아서 코난 도일 저, 백영미 역, 2002년 황금가지] 수록) 등 컨트리하우스 미스터리가 있다. 제인 오스틴의 『오만과 편견』(1813), 샬럿 브론테의 『제인 에어』(1847) 등도 추리소설은 아니지만 크리스티가 애독한 컨트리하우스 소설이었다.

4   여기에 「베일을 쓴 여인」, 「잃어버린 광산」, 「초콜릿 상자」를 추가한 버전이 1925년 미국에서 출판되었다. 하야카와쇼보 크리스티 문고의 『포와로 등장(ポアロ登場)』은 미국판을 따르고 있으므로 소겐추리문고판보다 수록작이 많다. 소겐추리문고에서는 이상 세 편의 단편소설을 『푸아로 사건집 2』에 수록했다.

5   서술자와 탐정이 동거하는 설정은 푸아로 시리즈의 두 번째 장편소설 『골프장 살인사건』(1923)에서 확인할 수 있다.

6   영어 원문으로는 "little gray cells"이다. 노부하라 겐이 번역한 「아기의 팔」(『클럽의 킹』, 하쿠분칸, 1925년 간행)에서는 '작고 하얀 세포의 집합체', 『열두 개의 자상』(류카쇼인, 1935년 간행. 『오리엔트 특급 살인』과 동일)에서는 '미세한 뇌세포', 도후쿠지 다케시가 번역한 『스타일스의 괴사건』(니혼코론샤, 1937년 간행)에서는 '회색의 작은 세포'로 표현했다.

7   크리스티는 훗날 『맥긴티 부인의 죽음』에서 추리소설가 캐릭터인 올리버

부인을 통해 이때의 기분을 토로했다. 작중 올리버 부인은 자기 작품에서 60세로 설정한 캐릭터를 30대로 바꾸고 로맨스를 추가하려는 극작가와 의논하다가 탈진하고 만다. 각색된 캐롤라인에 반감을 내비치던 크리스티의 모습 그 자체라 할 수 있다.

8 마플이 여성 탐정의 효시로 일컬어지는 경우가 많은데, 1906년 레지널드 라이트 카우프만(Reginald Wright Kauffman)의 프랜시스 베어드(탐정사무소 직원), 1910년 바로네스 옥시(Baroness Emmuska Orczy)의 레이디 몰리(경찰관), 1911 년 M. R. 라인하트(Mary Roberts Rinehart)의 레티시아 카베리(초보 탐정인 중년 여성), 1915년 A. K. 그린(Anna Katharine Green)의 바이올렛 스트레인지(사설탐정) 등 이미 많은 여성 탐정 캐릭터가 나와 있었다. 오히려 마플의 히트를 통해 이러한 여성 탐정의 지위가 부동의 인기 반열에 올랐다고 평가해야 맞을 것이다. 마플과 거의 비슷한 시기인 1928년 퍼트리샤 웬트워스(Patricia Wentworth)의 여성 탐정 미스 실버가 등장했고, 이후 1930년에는 드디어 소녀 탐정 낸시 드루가 첫선을 보였다.

9 『버트럼 호텔에서』의 내용 중 푸아로가 비틀즈를 언급하는 장면이 등장한다.

10 이름은 '조이스'이며 작중에서는 레이먼드의 약혼자로 등장한다. 그런데 이후 다른 작품에 등장하는 레이먼드의 부인은 '존'이라는 이름의 화가다. 단지 애칭일 뿐인지, 아니면 아예 다른 사람인지는 알 수 없다.

11 1927년 12월 〈The Royal Magazine〉에 게재된 「화요일 밤 모임」의 삽화에서 볼 수 있다. 매우 심지가 굳은 인상으로 그려져 있다.

12 『열세 가지 수수께끼』의 후반부 7편은 가싱턴 홀 저택에 모여서 진행되고 밴트리 부부도 모임 구성원으로 등장한다.

13 마플 시리즈 중에서 같은 방식을 활용한 또 다른 작품이 있다. 그런데 그 작품 안에서 마플은 『서재의 시체』 사건을 언급한다. 팬서비스로 보이지만

실은 힌트로 작용하는 부분이다.

14 남녀 페어 탐정의 경우 대부분 탐정-조수, 탐정-말썽꾼, 탐정-형사 관계가
    일반적이고 둘 중 한 명만 탐정으로 각자의 역할이 고정되어 있다. 남녀 캐
    릭터가 완전히 대등하게 나오는 사례로는 『차이나 타운(チャイナタウン)』(*S.
    J. 로잔 저, 나오라 가즈미 역, 1997년 소겐추리문고)을 비롯한 S. J. 로잔의 《리디아
    친&빌 스미스 시리즈》를 들 수 있다.

15 존 르 카레와 그레이엄 그린은 대표적인 스파이 소설의 대가다. 그레이엄
    그린의 『스탬불 특급열차』는 오리엔트 특급열차를 무대로 한다.

16 크리스티 문고판에서는 15편이다. 이는 2부로 구성된 작품을 하나로 묶으
    면서 단편 4편이 2편으로 줄었기 때문이다.

17 『푸아로 사건집』의 푸아로와 헤이스팅스의 대화에서도 비슷한 면모가 나
    타난다. 초창기 크리스티는 콤비가 주고받는 대화를 좋아했던 모양이다.

18 이는 물론 『골프장 살인 사건』과 『갈색 양복의 사나이』(1924)를 셀프 패러
    디한 것이다.

19 푸아로 시리즈 중 하나인 『시계들』에 영국의 비밀 요원이 등장하는데, 그
    가 배틀 총경의 아들이라는 이야기가 있다.

20 푸아로, 배틀 총경, 레이스 대령, 올리버 부인 등 크리스티가 탄생시킨 캐릭
    터들이 모여서 추리 전쟁을 펼치는 특별판 같은 작품이다. 콘트랙트 브리
    지(Contract Bridge) 카드 게임의 규칙이 중요한 의미를 지닌다. 크리스티의 작
    품에는 브리지 카드 게임이 자주 등장하는데, 그중에서도 이 작품은 브리
    지 카드 게임이 없었다면 절대 성립할 수 없는 추리였다는 점이 흥미롭다.

21 일본에서 『0시를 향하여』의 첫 번째 번역본은 1951년 미야케 마사타로가
    번역한 『살인 준비 완료(殺人準備完了)』(하야카와쇼보)다. 이 책의 후기에는 "처

음에 전혀 관련 없는 것 같던 서스펜스들을 하나씩 나열하면서 등장케 하고 있어 독자는 혼란스러움과 지루함을 느끼지만"이라는 구절이 있다. 이를 통해 당시에는 초반부에 사건이 일어나지 않는 미스터리를 낯설게 여겼음을 엿볼 수 있다.

22 크리스티는 단편집 서문에서 파커 파인이 탄생한 계기를 설명했다.

23 관청에서 통계 업무에 종사하며 추리력과 통찰력을 길렀다는 설정은 크리스티가 좋아한 셜록 홈즈의 형 마이크로프트 홈즈와 비슷하다.

24 아리아드네 올리버 부인은 작중 추리소설 작가로서 크리스티 본인을 모델로 했다고 한다. 『테이블 위의 카드』에서 푸아로와 만났고 『맥긴티 부인의 죽음』, 『핼러윈 파티』 등 장편소설 8편에 등장했다. 『창백한 말』에는 미스 마플 시리즈 『움직이는 손가락』의 등장인물과 만나거나 토미&터펜스 시리즈 『엄지손가락의 아픔』과 이어지는 장면이 나온다. 또한 올리버 부인을 매개로 주요 시리즈 캐릭터가 같은 세계관에서 모이기도 한다. 다만 이들이 다 함께 등장한 적은 없다.

25 통속적인 클리셰 위주의 로맨스 소설을 가리키는 '할리퀸 소설'은 광대를 의미하는 할리퀸에서 유래한 명칭이다. 로맨스 소설 전문 출판사인 할리퀸사 역시 광대가 입는 의상의 무늬에서 차용한 마름모꼴 로고를 사용하고 있다.

26 엄밀히 말하면 단편 「이집트 무덤의 모험」(『푸아로 사건집』 수록)이 첫 번째다. 그러나 이는 집필 당시 화제였던 파라오의 저주에서 착안한 것으로, 나중에 쓰인 일련의 중동 미스터리와 다소 분위기가 다르다. 참고로 「이집트 무덤의 모험」에서 이집트의 모래 먼지에 질색하는 푸아로를 묘사한 장면이 아주 재밌다.

제2장

⚜

무대와 시대로 읽다

AGATHA CHRISTIE

그리운 메이헴 파바

'메이헴 파바(Mayhem Parva)'란 무엇일까? Mayhem은 '대혼란' 혹은 '대소동'을 뜻하고, Parva는 라틴어로 '작다'는 의미에서 마을 이름 등에 붙여지는 경우가 많다. 대충 '대소동 마을' 정도로 생각하면 될까?

메이헴 파바는 작가이자 비평가인 콜린 왓슨(Colin Watson)이 크리스티의 작품을 가리켜 명명한[1] 미스터리 장르를 의미한다.

주요 무대는 어디에나 있는 시골 마을이나 전원지대다. 여전히 계급적인 색채가 강하고 지주, 교회, 작은 상점, 시골 의사가 근무하는 진료소를 쉽게 찾아볼 수 있다. 컨트리하우스의 하인들은 신나게 수다 떨기 바쁘고, 성질 괴팍한 노인과 소문내기 좋아하는 중년 여성이 살아간다. 마을 사람들은 차를 마시거나 정원을 가꾸면서 찻집에 모여 이러쿵저러쿵 가십에 꽃을 피운다. 한편 젊은이들끼리는 열렬한 사랑을 나눈다. 한마디로 그리운 옛 영국의 전형적인 소규모 커뮤니티, 익숙한 생활이 이루어지는 낡은 공동체라고 할 수 있다.

물론 영국 전원지대의 작은 공동체를 무대로 한 작품은 크리스티 이전에도 있었다. 예를 들어 크리스티가 좋아한 작품으로 소개하였던 디킨스의 『황폐한 집』을 들 수 있다. 홈즈 시리즈에도 전원지대에서 일어난 작은 사건들이 등장한다. 그러나 이를 아늑한 정취의 무대로 꾸며 미스터리의 한 장르로 확립하고 이끌어간 것은 누가 뭐래도 크리스티다.

메이헴 파바의 큰 특징은 사회 정세나 정치를 이야기에 개입시키지 않는다는 점이다. 게다가 이 세계관에서는 과도한 폭력, 잔인함, 노골적인 성적 묘사 등이 일절 등장하지 않아 마음 편한 독서가 보장된다. 생활감과 유머는 물론 로맨스도 있다. 이웃과의 트러블은 늘상 있지만 마을 사람들끼리 떠드는 가십 거리에 불과하다. 즉 다소 정형화된 '보통' 세상이라 오히려 사실성이 떨어지는 듯한 느낌이 든다. 사회의 어둠을 파헤치는 하드보일드나 누아르와 정반대되는 세계관이라서, 독자에 따라서는 너무 미지근하다고 생각할지도 모른다.

메이헴 파바 장르는 1920~30년대에 걸쳐 크게 유행했다. 콜린 왓슨의 말을 빌리자면, 메이헴 파바란 "현재에 고정된 과거의 나라, 즉 사라예보에서 한 발의 총성이 울린 순간 퇴색되기 시작한 풍속과 관습이 영원히 고정된 나라[2]"이기 때문이다. 제1차 세계대전이 앗아간 평온한 사회가 메이헴 파바에서는 여전히 숨 쉬고 있다.

전쟁과 전후 불황으로 당시 사회 분위기는 최악으로 치달았고, 사람들은 사회나 정치 따위에 완전히 신물이 나 있었다. 그로 인해 전간기(戰間期)에는 현실 사회와 정치에서 동떨어진, 그리운 옛날의 인간답고 온화한 나날이 펼쳐지는 장소에 대한 동경이 분출되었다.

당연하게도 평온한 일상이 살인이라는 비일상적 사건의 위협을 받을 때 독자들은 짜릿한 재미를 느낀다. 탐정의 추리로 수수께끼를 풀고 일상의 질서를 되찾을 때는 저도 모르게 안심이 밀려든다. 바로 이런 점들이 메이헴 파바의 매력이다.

메이헴 파바는 전간기에만 국한된 장르가 아니라 '코지 미스터리(cozy mystery)'라는 이름으로 지금까지도 이어지고 있다. 코지 미스터리는 메이헴 파바에 비교하면 꽤 광범위한 무대와 소재를 활용하지만, '당연한 일상으로의 회복'이라는 기본 전제는 동일하다.

크리스티의 장편소설 중 절반 이상이 메이헴 파바를 무대로 한다. 그렇다고 해서 노스탤지어에만 치중하는 것은 아니다. 데 뷔작 『스타일스 저택의 괴사건』에서는 컨트리하우스가 건재하지만 전쟁 중의 생활이 제대로 묘사되고, 나중에 소개할 『살인을 예고합니다』(1950)와 『깨어진 거울』(1962)에서는 메이헴 파바와 전후 신흥주택지 개발의 연관성이 나타난다. 물론 이러한 시대적 배경 속에서도 등장인물들은 예전과 다름없이 교회에 다니고 차를 마시며 가십을 즐긴다.

변해가는 시대 가운데서도 변함없이 평온하게 제자리를 지키는 메이헴 파바.

이제부터는 메이헴 파바 장르를 공고히 확립하였던 작품 2편을 살펴보도록 하자.

메이헴 파바를 알 수 있는 책 2권

『애크로이드 살인 사건』 (1926) [*김남주 역, 2013년 황금가지]

영국의 시골 마을 킹스 애벗에서 한 여성이 사망한다. 지역 유지 애크로이드와 재혼할 예정이었던 페러스 부인이었다. 다음 날 애크로이드는 의사 셰퍼드에게 상담을 요청한다. 애크로이드의 말에 따르면, 죽기 전 페러스 부인은 전남편을 죽였다는 소문으로 협박받고 있었다고 한다.

그런데 그날 밤 애크로이드도 누군가에게 살해당한다. 용의자는 그의 의붓아들 랠프였다. 애크로이드의 조카이자 랠프의 약혼자였던 플로라는 탐정 일에서 은퇴한 후 킹스 애벗으로 이사한 에르퀼 푸아로에게 도움을 요청한다.

『애크로이드 살인 사건』은 대담하고 충격적인 트릭[3]으로 미스터리 사상 한 획을 그은 명작이다. 출간 당시 독자들은 물론이고 작가나 평론가까지 소설 속 트릭이 독자에 대한 페어플레이가 맞는지 대대적인 논쟁을 벌였을 만큼, 크리스티의 이름을 단번에 널리 알린 출세작이다.

　요즘에는 비슷한 트릭을 활용하거나 더욱 복잡하게 꼬아놓은 추리소설이 많지만 그 원형이 『애크로이드 살인 사건』임은 부정할 수 없다. 이 작품의 탄생은 이른바 '본격 미스터리'의 확립과 발전에 크게 공헌한 획기적 사건이었다. (본격 미스터리는 추리소설의 한 장르로, 어떤 사건에 숨겨진 범인의 트릭을 명탐정 캐릭터가 추리하여 해결하는 구조의 소설을 가리킨다. 트릭의 의외성, 논리성과 탐정 캐릭터의 개성이 중요시되며 독자가 주인공에 이입하여 범인/작가와 펼치는 추리 대결도 하나의 묘미다. 이때 주어진 단서로 진상을 파악하는 과정이 공정하지 않다면 '본격'이라고 할 수 없다. 예컨대 작가가 지나치게 적은 단서만 제공하거나 비과학적인 판타지 요소가 개입되어 논리적인 추리가 불가능하다면 본격 미스터리 장르에 속하지 않는다.-역자 주)

트릭의 공정성에 대해서는 논쟁의 여지 없이 페어플레이라고 할 수 있다. 거짓말은 하나도 쓰여 있지 않고 크고 작은 단서들도 충분히 제시되어 있다.[4] 아주 확실한 묘사를 정직하고 친절하게 제시해 오히려 놀라울 지경이다.

이렇게나 명확한데도 왜 처음 읽은 독자들은 금방 눈치채지 못하는 걸까? 이는 결코 예상치 못한 범인 때문만은 아니다. 크리스티는 세심한 주의를 기울여 독자가 쉽게 알아차리지 못하도록 수를 썼다. 특히 교묘한 문장 표현이 두드러진다. 모든 진상을 알게 된 후에 다시 읽어보면, 분명 같은 문장인데도 처음 읽었을 때와 다른 광경으로 읽히는 점에 경악하게 될 것이다. 같은 서술이지만 의미가 완전히 바뀌어 버리는 뛰어난 속임수라고 할 수 있다.

일단 독자들은 푸아로가 탐정 일에서 은퇴했다는[5] 사실에 당황할 것이다. 화자가 헤이스팅스가 아니라는 점도 독자들을 헷갈리게 한다. 여기에도 물론 확실한 의미가 있다. 킹스 애벗이

느긋하게 가드닝을 즐길 수 있는 은퇴 후 주거지로서 선택된 장소임에 주목해 보자. 이곳 역시 메이헴 파바다. 주민들끼리 서로 잘 알고 지내는 마을에서 사건이 일어나자 외지에서 온 푸아로가 이를 해결한다. 푸아로는 '어디에나 있는 마을'에 들어온 이방인으로, 바깥에서 메이헴 파바를 바라볼 수 있는 존재로서 그려지고 있다.

이곳에는 전쟁의 불안이나 불경기의 여파 따위 없고, 주민들은 서로 잘 아는 사이다. 그러나 결코 낙원은 아니다. 주민들은 각자만의 사정과 의도, 욕망을 숨기고 있으며 이는 사건을 더욱 복잡하게 만드는 요소다. 사회와 단절되어 있기에 마을 주민들이 꾸려나가는 삶 하나하나가 이야기를 움직인다. 사랑과 욕망은 예나 지금이나 존재해 온 감정이다. 이 작품의 트릭에 완전히 속았다는 사실을 깨달았을 때의 오묘한 쾌감도 언제 어디서든 느낄 수 있다. 그렇기에 크리스티의 이야기는 영원히 낡지 않는다.

『목사관의 살인』 (1930) [*김지현 역, 2017년 황금가지] ※별제 『목사관 살인사건』

———

세인트 메리 미드 마을의 목사관에서 외출 중인 목사를 기다리던 프로더로 대령이 살해당한다. 그는 원체 적이 많은 인물이었는데, 목사관 근처에 아틀리에를 차렸던 화가 로렌스가 순순히 자수한다. 그는 살해 동기에 대해 입도 뻥긋하지 않았지만 그와 프로더로 부인의 불륜관계를 알고 있던 목사는 조용히 납득한다.

그러나 그 이야기를 들은 미스 마플은 로렌스가 범인이 아니라고 주장한다. 의사의 부검 결과를 보더라도 로렌스가 범인이라기에는 모순이 있었다. 그러던 중 갑자기 다른 인물이 나서며 자신이 한 짓이라 고백하는데…….

『목사관의 살인』은 미스 마플 시리즈의 첫 번째 장편소설이다. 화자인 목사는 처음부터 작은 마을에서 일하는 고충을 전한다. 예를 들어 아내나 메이드에 대한 불만을 토로하거나, 성가신 손님인 프로더로 대령을 어떻게 대해야 할지 난감해하고, 목사관에 줄지어 방문하는 사람들의 일방적인 잡담에 쉽게 휘둘린다. 목사의 고충을 읽으면서 무심코 웃음이 터질지도 모른다. 하지만 겨우 이 정도의 일상 묘사만으로도 독자들은 마을 내 주요 인물에 대한 평판과 가십, 권력의 차이 등을 모두 파악할 수 있다. 역시 명불허전 크리스티다.

이 작품은 기본적으로 '후더닛(whodunit)'("Who done it?(범인은 누구인가?)"에서 유래한 용어로 어떤 사건의 범인을 밝혀내는 줄거리의 추리소설을 가리킨다.-역자 주) 구조이고 알리바이의 논파가 핵심이다. 하지만 그보다 더 빛나는 것은 교묘한 심리적 함정이다. 크리스티는 독자들이 어떤 인물을 수상하게 느끼도록 정성껏 '떡밥'을 던진다. 또한 마플이 "프로더로 대령을 이 세상에서 없애버린 사람은 적어도 7명"이라고 말했듯이 수많은 용의자가 존재하는 점도 교묘한 속임수로 작용한다. 크리스티는 자서전에서 '이 작품에는 등장인물과 부차적인 이야기가 너무 많다'고 반성했지만[6], 각각의 등장인물들이 안고 있는 비밀이나 서브플롯도 사건의 진상에 다가서기 어렵게 만드는 함정으로 기능하고 있다. 미스터리의 매력이 예상 밖의 범인과 진상이라면, 그것을 연출하기 위한 장치로써 앞서 말한 속임수 요소들은 모두 더할 나위 없이 훌륭하다.

한편 이보다 더 큰 속임수도 준비되어 있다. 바로 4년 전 간행된 『애크로이드 살인 사건』과의 유사성이다.

『목사관의 살인』과 『애크로이드 살인 사건』 사이에는 공통점이 많다. 둘 다 메이헴 파바 장르인 것은 물론, 피해자는 마을의 유명 인사이며 사방에 적이 많은 인물이다. 작품의 화자는 마을의 전폭적인 신뢰를 받고 있다. 등장인물들은 각자의 비밀을 안고 있고 그것이 사태를 더욱 수상하게 만든다. 그 밖에도 소문을 좋아하는 인물이 정보를 물어오거나 젊은 사람들의 연애가 사건에 얽혀드는 점, 하인이 수행하는 역할 등 미스터리를 구성하는 요소들이 매우 비슷하다.

『애크로이드 살인 사건』은 크리스티의 출세작으로 첫 발간 후 4년 지난 1929년에 연극으로 상연되기도 했다. 『목사관의 살인』이 출간될 때까지도 『애크로이드 살인 사건』을 뛰어넘는 화제작은 나오지 않았기에, 당시 크리스티에 대한 세간의 인식은 '애크로이드의 크리스티'였다. 『목사관의 살인』은 『애크로이드 살인 사건』과 꼭 닮은 이야기다. 두 작품을 연달아 읽어보면 어디선가 본 익숙한 패턴을 연상시키는 표현들이 다수 등장함을 알 수 있을 것이다.

자신의 대표작을 심리 트릭으로 이용하는, 두 작품에 걸쳐서 마련된 속임수. 이것이 이 작품의 가장 큰 함정이다. 메이헴 파바 장르는 고도로 정형화된 세계관이라 등장인물들의 인간관계와 생활 습관 모두 하나의 패턴이 되기 쉽다. 크리스티는 그러한 지점을 역이용하면서 탐정 캐릭터만 슬쩍 바꿔버렸다.

외지인 푸아로가 킹스 애벗을 바깥에서 바라보았다면, 마플[7]은 세인트 메리 미드 마을의 주민이다. 즉 마을 안에서 그녀가 어떤 위치인지, 그녀에 대한 사람들의 평판은 어떠한지가 중요한 열쇠가 된다. 미스터리의 구성 요소는 거의 똑같은데도 탐정이 외지인인지, 마을 주민인지에 따라 접근이 달라지는 것이다. 부디 이 두 권은 함께 읽어보기를 추천한다.

히트작의 노다지,
중동 미스터리

크리스티가 '인생을 통틀어 떠올리기도 싫은 해'라고 말했던 1926년. 어머니가 돌아가시고, 남편에게 이혼을 요구받고, 본인은 행방불명까지 됐던 해였다. 당시 영국은 이혼 제도가 엄격히 운용되었고 결국 이혼이 성립하기까지는 장장 2년이나 걸렸다.

이혼 후 혼자 딸을 키우게 된 크리스티는 전업 작가로서 생계를 꾸려나가기로 다짐한다.[8] 그전까지는 생계를 위해서보다 취미로 글을 쓴다는 생각이 컸다. 세무서에서 소설의 수입에 관해 문의했을 때도 직업적인 활동이 아니라고 답할 정도였다. 하지만 이제부터는 누가 뭐래도 소설로 먹고살아야만 했다.

그웬 로빈스(Gwen Robins)가 쓴 『애거서 크리스티의 비밀』(해
문출판사)에는 이혼 후 크리스티가 필명을 바꾸려고 했다고 나
온다. 괴로운 기억이 덕지덕지 들러붙은 전남편의 성을 자신의
필명으로 쓰고 싶지 않았을 것이다. 그러나 출판사에서는 이미
'크리스티'라는 이름이 작가로서 널리 알려져 있다는 이유로 개
명을 인정하지 않았다. 결국 지금까지도 '크리스티'로 부르고
있는 점에 대해서는 그녀에게 조금 미안한 마음이 든다.

어쨌든 크리스티는 계속 살아야 했다. 1928년 가을, 기분 전
환을 위해 서인도 제도로 여행을 계획했다. 그런데 출발 이틀
전, 초대를 받아 참석한 저녁 식사 자리에서 해군 중령 하우 부
부가 오리엔트 특급열차로 갈 수 있는 바그다드를 여행지로 추
천했다. 철도를 좋아했던 크리스티는 급히 예정을 바꾸어 오리
엔트 특급열차에 오르게 되었다. (하우 부부에게는 무한한 감사를 표하
고 싶다. 만약 크리스티가 예정대로 서인도 제도에 갔다면 우리가 아는 크리스
티와 그녀의 작품들은 이 세상에 존재하지 않았을지도 모른다.)

초기 메소포타미아 문명의 유적지 '우르'를 구경하러 간 이
라크에서 크리스티는 훗날 절친한 사이가 되는, 울리 발굴조사
대장의 부인 캐서린 울리와 만났다. 캐서린이 『애크로이드 살
인 사건』의 열렬한 팬이었던 덕분이다.

울리 발굴조사대의 작업을 눈앞에서 보며 다양한 문화를 접

한 크리스티는 중동과 고고학의 매력에 흠뻑 빠져버렸다. 젊었을 때 어머니의 요양을 위해 카이로에 살아본 적도 있었고, 평소 구약성서의 이집트 이야기를 좋아했다고도 하니 이미 기본 자세는 충분했던 것 같다.

1930년, 우르의 울리 발굴조사대를 다시 방문했을 때, 젊은 고고학자 맥스 맬로언이 크리스티의 안내역을 맡으면서 두 사람은 급속도로 가까워졌다. 같은 해 크리스티는 맬로언 부인[9]이 되어 남편의 발굴조사에 도움을 주었다. 남편과의 여행 경험을 바탕으로 중동 미스터리 집필에 착수하였고, 메리 웨스트매컷이라는 필명으로 반(半)자전적 성격을 지닌 『두 번째 봄』(1934)을 펴냈다. 이로써 과거의 삶을 일단락했다고 할 수 있다.

또 하나, 당시 영국과 중동의 관계도 알아둘 필요가 있다. 제1차 세계대전 전부터 중동의 많은 지역은 유럽 열강의 식민지였다. 지금의 이라크부터 요르단, 팔레스타인, 이집트, 수단에 이르기까지의 광활한 범위가 모두 영국령[10]이었고, 그 일부는 제1차 세계대전 후에 독립하였지만 실제로는 여전히 영국 통치 하에 있는 것이나 다름없었다.

따라서 당시 영국 사람들에게 이들 지역은 여행하기에 가장 부담 없는 휴양지였다. 떠들썩한 해외여행이 아니라도 유럽의 추운 겨울 날씨에서 벗어나 손쉽게 이국의 정서를 만끽할 수 있었다. 호텔과 관광산업도 영국 문화와 자본이 기반이라 지내기 편했던 데다 영국군도 주둔하고 있었다. 즉, 중동 미스터리는 익숙한 관광지를 배경으로 한 여정 미스터리였다.

그만큼 영국인들과 중동 현지인들 사이에는 결정적인 격차가 있었다. 크리스티는 영국인의 시선으로 중동을 묘사했기에, 소설 속에서 중동인을 대하는 영국인의 태도도 현실의 영국인과 크게 다르지 않았다. 이러한 부분을 통해 시대적 배경을 파악할 수 있는 점도 중동 미스터리의 매력일 것이다.

중동 미스터리를 맛볼 수 있는 책 2권

『메소포타미아의 살인』 (1936) [*김남주 역, 2015년 황금가지] ※별제 『메소포타미아의 죽음』

———

바그다드 근교의 유적[1]에서 작업하던 고고학자 라이드너는 간호사 에이미에게 정신적으로 불안정한 아내 루이즈의 시중을 들어달라는 부탁을 한다. 루이즈는 전사(戰死)한 전남편의 이름으로 재혼을 비난하는 협박 편지를 받고 있었고, 편지의 발송자는 루이즈를 죽어버리겠다는 메시지를 남기며 그녀에게 점점 가까이 다가오고 있었다.

결국 루이즈는 자기 방에서 맞아 죽은 시체로 발견되고, 상황으로 보건대 범인은 발굴대 내부인이었다. 마침 근처에 머물고 있던 푸아로가 사건 조사에 뛰어들게 된다.

『메소포타미아의 살인』에서는 두 가지 미스터리 요소가 등장한다. 하나는 밀실, 다른 하나는 협박 편지를 보낸 사람의 정체다. 편지 발송자의 정체는 밀실 수수께끼가 풀리면 어느 정도 범위가 좁혀질 것이다. 몇 가지 단서가 주어지지만, 편지 발송자가 누구인지는 클라이맥스에 가서야 밝혀진다. 밀실이 수수께끼 해결의 핵심이라면, 협박 편지를 보낸 자의 정체는 전체적인 이야기의 핵심이라고 볼 수 있다.

원래 크리스티는 미스터리의 주된 장치로 트릭을 내세우지 않는 편이다. 복선의 활용이나 독자를 오인하게 만드는 함정, 문장 표현을 이용한 속임수 등이 크리스티의 주특기다. 이 작품처럼 밀실 트릭을 중심으로 한 작품은 드문 편에 속한다.

재밌는 점은 『메소포타미아의 살인』이 1936년에 나왔다는 것이다. 크리스티가 이 작품을 쓰고 있던 1935년, '밀실의 거장'으로 유명한 존 딕슨 카의 『세 개의 관』이 간행되었다. 크리스티의 밀실 트릭은 실로 카를 방불케 하였다. 또한 크리스티가 재밌게 읽은 선배 작가 중 한 명인 G. K. 체스터턴의 작품에도 『메소포타미아의 살인』과 비슷한 트릭을 활용한 것이 있다. 어쩌면 이 작품은 존경하는 선배 체스터턴과 동시대를 이끈 동지카에 대한 애정을 담고 있는 것은 아닐까? 개인적인 감상에 지나지 않지만, 그렇게 생각하면 퍽 재밌어지는 듯하다.

이와 같은 미스터리 요소도 중요하지만,『메소포타미아의 살인』의 근간은 '크리스티가 즐겁게 쓴 자기 이야기'라는 점에 있다. 즉 이 작품에는 크리스티의 자전적 체험이 짙게 깔려 있다.

루이즈의 모델은 크리스티의 절친 캐서린 울리이다. 캐서린은 울리 발굴조사대장의 부인으로 주위 사람을 휘두르는 성격을 가진 '마성의 여자'였다. 크리스티는 '캐서린을 만난 사람 중 절반은 그녀에게 매료되고 나머지 절반은 그녀를 아니꼽게 여겼다'고 했다. 게다가 루이즈와 마찬가지로 캐서린은 불행했던 첫 결혼을 딛고 고고학자와 재혼한 인물이었다. 크리스티의 자서전과 함께 읽다 보면 루이즈 캐릭터의 모티프가 캐서린임을 바로 알아챌 수 있는 묘사가 산더미처럼 나온다. 그런데도 결말이 이렇다니, 이들의 우정이 정말 괜찮았던 것인지 의문스러워진다.

작품의 무대가 된 숙소의 구조도 우르 유적 발굴조사대의 숙소와 비슷하고, 발굴조사대의 다른 사람들도 작품 속 캐릭터의 모델이 되었다. 그중에는 모델이 된 것을 싫어하는 사람도 있었다고 한다. 크리스티도 허락 없이 그냥 막 갖다 쓰면 안 되건만.

아무튼 크리스티는 그 정도로 발굴조사대를 좋아했다. 중동 유적 발굴 작업이라는 새로운 취미가 즐거웠고, 새로운 동료가 생겨서 진심으로 기뻐했다. 『메소포타미아의 살인』은 하늘을 나는 듯 행복한 크리스티의 심경이 가득 담긴, 한편으로는 치기가 넘치는 작품[12]이었던 것이다.

『나일 강의 죽음』 (1937) [*김남주 역, 2013년 황금가지]

———

대부호의 딸 리넷에게 친구 자클린이 찾아온다. 자기 남자친구인 사이먼에게 소개할 만한 일거리가 없는지 부탁하기 위해서였다. 사이먼은 아주 매력적인 남자였고, 리넷은 사이먼을 고용한 후 그와 결혼해 버린다. 한마디로 친구의 남자를 빼앗은 것이다.

리넷과 사이먼은 이집트로 신혼여행을 떠나고, 그곳에는 두 사람을 따라온 자클린이 있었다. 당황한 리넷은 이집트 여행 중이던 푸아로에게 자클린을 설득해달라고 의뢰했다. 그러나 자클린은 도무지 들으려 하지 않고 권총으로 리넷을 쏘고 싶다면서 위협하기까지 한다.

리넷과 사이먼은 나일강 유람선으로 도망쳤으나 자클린도 그들과 함께 배에 올라탄다. 결국 권총 발사 사건이 일어나고, 다음날 리넷이 시체로 발견된다.

『나일 강의 죽음』은 크리스티의 대표작 중 하나로 지금까지 수차례 영화화되었다. 사막과 나일강이라는 웅장한 자연, 이집트 문명의 장대한 유적, 이국적인 정서, 그 가운데 유유히 나아가는 고급 유람선……. 과연 영화로 만들고 싶을 수밖에 없는 요소들이다.

이 작품의 가장 큰 특징은 나일강 여정 미스터리라는 점이다. 작중에 등장하는 호텔과 유적 등은 모두 실제하는 장소이다. 실제와 이름이 다르긴 하지만, 사건이 일어난 유람선도 구조는 동일하다. 등장인물이 모여드는 캐터랙트 호텔(지금도 운영 중이며 '애거사 크리스티 룸'이라는 특별실이 있다)을 비롯해 아스완 댐(현재는 하이 댐이 생겨서 강의 형상이 달라졌다)이나 와디 에스세부아 사원, 아부 심벨 신전, 국경 지역 마을인 와디할파 등은 모두 실제로 있는 장소다.

이러한 특징 때문에 크리스티의 팬들은 소위 '성지순례'를 즐길 수 있었다. 앞서 설명하였듯 영국인 입장에서 중동은 부담 없이 갈 수 있는 여행지였다. 당시 크리스티의 팬들은 푸아로가

가는 루트를 따라 그와 같은 풍경을 보았고, 원한다면 작중 등장한 트릭이 정말로 가능한지 실험도 할 수 있었다. 물론 그런 실험은 다른 사람에게 폐를 끼치는 만큼 자중해야겠지만, 어쨌든 이 작품은 독자들에게 성지순례라는 색다른 즐길 거리를 제공한다.

사건이 일어나는 시점은 이야기의 중반부 쯤이다. 눈치챈 분도 있겠지만, 모든 관광지를 돌아볼 때까지 아무런 사건도 일어나지 않는다. 덕분에 독자들은 등장인물들과 함께 나일강 여정을 실컷 감상할 수 있다. 물론 이 작품은 여행 가이드북이 아니므로 낙석이나 자클린의 스토킹, 리넷의 재산 관리인이 보이는 이상한 움직임 등 수상쩍은 요소를 수없이 깔아두었다. 이 책의 전반부는 리넷과 자클린, 사이먼의 삼각관계가 중심이지만 그 멜로 드라마 속에 추리에 필요한 정보 대부분이 숨겨져 있으니 방심은 금물이다.

삼각관계는 크리스티가 즐겨 사용하는 모티프다. 이 작품의 묘미는 독자의 감정 이입 대상이 오락가락 하는 점에 있다. 독자들은 초반부까지 자클린을 동정하고, 돈으로 친구의 연인을 빼앗은 리넷을 악역 취급한다. 그러나 자클린의 도를 넘은 스토킹을 지켜보면서 독자들의 동정심은 리넷에게로 옮겨간다. 여기에 마치 정신 차리라는 듯이 사이먼이 독자의 기분을 살살 굴려대면서 이 미스터리는 생각지도 못한 효과를 낸다.

푸아로의 추리 방법도 눈여겨볼 필요가 있다. 이 작품은 유람선이라는 폐쇄된 공간치고 등장인물이 많고, 그들 하나하나가 수상한 움직임을 보인다. 그 가운데서 어떻게 필요한 정보를 찾아내서 연결할까? 푸아로는 '유적의 나라' 이집트이기에 가능한 방법으로 진상에 도달한다.

개인적으로는 중반부까지 사건이 일어나지 않은 것은 이집트 유적을 제대로 묘사하고 싶었던 크리스티의 의도 때문이 아닐까 생각한다. 크리스티는 울리 발굴조사대의 작업을 직접 보았고 더욱이 남편의 일을 계속 지켜보기도 했다. 이집트의 관광자원들은 고고학자들의 착실한 노력 덕분에 되살아난 것이나 다름없었다. 그 수법을 추리에 적용함으로써 고고학의 훌륭함과 재미를 독자에게 전하려고 한 것이 아닐까? 이 작품에는 고고학자를 향한 크리스티의 경의가 담겨 있다는 강한 확신이 든다.

마지막으로 하나만 더 짚고 넘어가자. 사치스러운 나일강 유람선이 무대이긴 하지만, 이 작품의 배경에는 세계 대공황의 여파가 묻어난다. 사이먼의 실업도, 리넷의 재산 관리인이 일으킨

소란도, 사회주의의 영향을 받는 청년들도 모두 대공황에서 파생한 것이다. 이처럼 『나일 강의 죽음』에는 전간기의 빛과 그림자가 공존하고 있다.

여담   푸아로는 와디할파에서 영국 정보부원인 레이스 대령과 재회한다. 두 사람은 전작인 『테이블 위의 카드』에서 처음 만났다. 잽 경감이나 배틀 총경은 이집트를 배경으로 출연시키기 어렵지만 레이스 대령이라면 충분히 가능했다. 『테이블 위의 카드』에서 이루어진 시리즈 크로스오버는 이후에 나온 『나일 강의 죽음』에서 제대로 활용되었다.

움직이는 살인 현장,
여행과 교통수단

　　　　　메이헴 파바를 더없이 사랑한 크리스티였지만, 작품의 또 다른 주축으로 여행을 빼놓을 수 없다. 크리스티 본인이 여행을 좋아했고 실제로 여행하면서 소설의 아이디어를 얻는 경우가 많았기에 트래블 미스터리(travel mystery)가 작품의 한 축을 담당하게 된 것은 당연한 결과였다.

　크리스티는 앞서 설명한 중동을 비롯하여 생애 전반에 걸쳐 수많은 곳을 여행했다. 그중에서도 가장 스케일이 컸던 것은 1923년 연말부터 시작된 세계 일주 여행[13]이었다. 개막이 임박한 대영제국 박람회를 위해, 남편 아치와 함께 식민지와 자치령을 돌며 참가를 촉구하는 사절단에 참여한 것이다.

남아프리카에서 오세아니아로, 하와이를 거쳐 캐나다로, 장장 1년에 걸친 선박 여행은 크리스티의 네 번째 장편소설 『갈색 양복의 사나이』(1924, ※별제 『갈색 옷을 입은 사나이』)[14]에 영향을 주었다. 『갈색 양복의 사나이』는 일자리를 찾던 아가씨 앤이 런던 지하철에서 의문의 죽음을 목격하면서 시작되는 이야기다. 호기심에 사로잡힌 그녀는 수수께끼를 풀기 위해 아버지의 유산을 털어 남아프리카행 여객선에 오른다. 이야기의 전반부는 배 위에서 이루어지고, 후반부는 남아프리카에서 펼쳐지는 모험담이다. 이후에 간행된 『애크로이드 살인 사건』으로 이어지는 연결 고리가 있으니 꼭 체크할 것!

한편 철도에 관련된 작품도 많다. 뒤에서 소개할 『오리엔트 특급 살인』(1934)이 대표적이고 그 외에도 호화로운 침대 열차를 무대로 한 『블루 트레인의 수수께끼』(1928, ※별제 『푸른 열차의 죽음』)[15]가 있다. 아치와의 이혼으로 모든 에너지를 소진한 시기에 쓴 소설이라, 크리스티 스스로 시인했듯이 작품의 완성도는 그리 좋지 않다. 그래도 마지막 부분에서 푸아로가 실연한 여성을 위로하는 대목만큼은 꽤 인상적이다.

또한 열차에서의 살인 사건이 발단이 된 『패딩턴발 4시 50분』(1957)[16], 살해당한 시체 옆에 항상 열차 여행 안내서가 놓여 있는 연쇄살인을 그린 『ABC 살인 사건』(1936)도 철도를 활용한 작품에 포함된다.

철도뿐 아니라 비행기나 버스도 살인 사건의 무대가 되었다. 『구름 속의 죽음』(1935)은 파리에서 런던으로 향하는 여객기 안에서 일어난 공중 밀실 살인을 그렸다. 미스 마플 시리즈의『복수의 여신』(1971)은 런던 근교에서의 버스 투어를 소재로 했다. 여객선, 철도, 비행기, 버스 등 새로운 교통수단이 나오면 곧바로 작품에 도입하는 점에 있어서는 약간 니시무라 교타로(西村 京太郎) 같기도 하다. (니시무라 교타로는 일본의 추리소설 작가로 철도 열차나 관광지를 무대로 한 트래블 미스터리로 널리 이름을 알렸다. 대표작으로는『침대 특급 살인 사건』,『화려한 유괴』 등이 있다.-역자 주)

상기한 작품들은 교통수단을 배경으로 한 이야기지만, 교통수단이 등장하면서도 중동 미스터리처럼 여행지가 무대가 되는 작품도 많다. 세인트 메리 미드 마을에서만 살았을 것 같은 마플도『복수의 여신』에서 버스 투어 전 서인도 제도의 휴양 섬에서 요양 중이었고,『버트럼 호텔에서』에서는 런던의 격조 높은 호텔에서 머문 바 있다. 또한 푸아로는『골프장 살인 사건』(1923)에서는 파리의 휴양지에 있는 골프장,『백주의 악마』(1941)에서는 데번주의 작은 섬에 있는 리조트 호텔을 방문했다.

이들 모두 '왜 그 장소인가?'에 대한 분명한 이유가 있거나,

그 장소이기에 살릴 수 있는 서술적 장치가 있는 좋은 작품이다. 어떤 장소가 무대인지, 어떤 교통수단이 등장하는지를 통하여 한 시대를 표현한 점도 흥미롭다. 이러한 대표적 사례로 유럽을 횡단하는 오리엔트 특급열차와 카리브해의 휴양 섬을 살펴볼 것이다. 전자는 '유럽의 화약고'로 불리며 치안이 나쁜 탓에 경찰조차 믿을 수 없었던 시대의 유고슬라비아, 후자는 전쟁 이후 리조트 개발과 함께 서민들에게까지 널리 해외여행이 전파되었던 시대를 배경으로 한다.

여행과 교통수단을 맛볼 수 있는 책 2권

『오리엔트 특급 살인』 (1934) [*신영희 역, 2013년 황금가지]

이스탄불(튀르키예)발–칼레(프랑스)행 오리엔트 특급 침대 열차는 겨울 비수기인데도 불구하고 모든 객실이 만실이었다. 푸아로는 전부터 알던 철도 회사 임원의 배려로 한 객실을 받았지만, 폭설로 인하여 유고슬라비아에서 열차가 멈춰 오도 가도 못 하게 된다. 다음 날 아침, 2호실에 탄 한 부호가 칼에 찔려 살해당한 채 발견된다. 범인은 밖으로 도망쳤을까, 아니면 승객들 사이에 있는 것일까? 푸아로는 승객들 한 명 한 명에게 이야기를 들어보지만 모두 분명한 알리바이를 가지고 있는데…….

『오리엔트 특급 살인』은 『애크로이드 살인 사건』과 쌍벽을 이루는 명작이다. 하지만 의외로 이야기에는 특별한 기교가 없다. 개별 승객들의 사정을 듣고 나서부터는 상당히 빠르게 전개된다. 슬슬 정보가 밝혀지면서 독자들이 놀라고 있을 때도 이야기는 척척 진전되고 있다. 승객들 모두 수상하지만 그들의 알리바이는 너무나 견고하다. 놀랄 만큼 새로운 사실들이 계속 나오는데도 누가 범인인지 확정할 수가 없다. 그러다가 예상조차 하지 못한 방향에서 갑자기 커다란 진상이 날아든다. 이렇게 진상을 다 알고 나서 다시 읽어보면 범인이, 그리고 작가가 아슬아슬한 줄타기를 하고 있었음을 깨닫게 될 것이다.

크리스티는 세 가지 사건을 바탕으로 이 책을 구상하게 되었다. 첫 번째, 1929년 실제 오리엔트 특급열차가 폭설 때문에 멈춰 선 일이다. 두 번째, 1931년에는 호우 때문에 오리엔트 특급열차가 멈춰 섰는데 이 열차에 마침 크리스티가 타고 있었다. 당시 딸 이야기만 주야장천 떠들던 중년 여성, 조용한 북유럽 여성 선교사, 유쾌한 이탈리아인 등이 함께 타고 있었고 철도회

사 임원이 사태를 수습했다고 한다. 이러한 해프닝들을 작품으로 녹여내다니 인생사 새옹지마, 넘어진 김에 쉬어 간 셈이 아닐 수 없다.

세 번째는 당시 미국에서 일어난 유아 유괴 사건이다. 세계 최초로 대서양을 단독으로, 착륙 없이 횡단 비행한 유명 파일럿 린드버그의 한 살짜리 아들이 유괴되어 시체로 발견된 가슴 아픈 사건이었다. 작중 유괴 사건은 누가 읽어도 바로 알 수 있을 만큼 명확히 이 사건을 모델로 한 것이다.

왜 실제 사건을 가져다 썼을까? 그 이유는 『오리엔트 특급 살인』의 주제 의식이 '정의란 무엇인가'와 맞닿아 있기 때문이다. 전 세계에 파문을 던진 유명한 사건을 차용함으로써 독자는 작중 사건을 더욱 실감 나게 받아들일 수 있다. 독자는 굵직한 트릭에 시선을 빼앗기겠지만, 이 작품의 핵심은 마지막 부분에서 푸아로가 마주하는 선택이다. 사실상 독자에게 어떤 길을 선택해야 하는지, 어떤 것이 정의인지를 물어보는 대목이다. 지금까지 몇 번씩 영화나 드라마로 만들어졌던 작품이니만큼, 각각의 작품 속에서 선택을 마주한 푸아로가 어떻게 조명되는지 비교해 보기를 권한다. 『오리엔트 특급 살인』의 절정은 수수께끼의 해결이 아니라 선택을 위한 내적 갈등이라고 해도 과언이 아니다.

그런데 이 작품을 두고 오리엔트 특급열차[17]라는 배경에 비해 여정을 드러내는 요소가 없다고 지적하는 경우가 있다. 물론 관광지가 나오는 것은 아니지만, 정말로 '여정'이 없다고 할 수 있나? 그렇지 않다. 철도회사 임원 부크의 대사를 읽어보자.

　　"계급과 국적을 불문하고 남녀노소가 한곳에 모여 있네. 사흘간 이처럼 생판 남인 사람들이 함께 여행하는 것이니 말이야. 한 지붕 아래에서 먹고 자며 서로 떨어질 수 없어. 그렇게 사흘이 지나면 아마 영영 만날 일 없이 다른 방향으로 뿔뿔이 흩어져 갈 테지."

　그의 말대로 오리엔트 특급열차에는 귀족부터 군인, 메이드에 이르기까지 유럽 각국과 미국에서 온 다양한 사람들이 모여 있다. 계급사회인 영국 안에서 여러 계급, 국적, 연령대의 사람들이 한데 모인 장소는 거의 찾아볼 수 없다. 그러니 이것이야말로 여행의 특성이자, 이 작품에 담긴 특별한 여정(旅情)이라 할 수 있다. 물론 이러한 여정이 미스터리 속에서 살아 숨 쉬고 있는 점은 두말할 필요도 없다.

　다른 한편으로, '다양성'을 표방하고 있음에도 이 작품의 등장인물들은 모두 유럽과 미국의 백인에 국한되어 있다. 이는 어쩔 수 없는 시대적 한계였다고 여겨진다. 2017년 케네스 브래너 감독·주연의 영화에서는 원작의 본래 의도를 살려 아프리카계와 히스패닉계[18] 승객이 등장하였다.

『카리브 해의 미스터리』 (1964) [*송경아 역, 2017년 황금가지]

마플은 조카 레이먼드의 권유로 요양 겸 서인도 제도의 한 호텔에 머물고 있다. 같은 호텔에 묵는 소령이 마플과 대화하며 옛날 일을 회상하다 '살인범의 사진을 가지고 있다'고 말하던 중, 갑자기 무언가를 보고 당황하여 말을 돌린다. 그리고 다음 날 아침, 소령은 시체로 발견된다. 사인은 병사로 처리되었으나 이상하게도 그가 가지고 있다던 살인범의 사진이 보이지 않는다. 혹시 그는 살해당한 것이 아닐까? 마플은 카리브해의 아름다운 휴양지에서 살인 사건의 수수께끼에 도전한다.

『카리브 해의 미스터리』의 배경인 산토노레섬은 크리스티가 소설을 집필하거나 요양할 때 머물렀던 바베이도스섬을 모델로 하였다. 이 작품은 마플의 처음이자 마지막 해외여행을 담았다.

지금까지 해외를 무대로 한 작품은 대부분 푸아로 시리즈였다. 마플은 원래 살던 마을 외에는 기껏해야 런던이나 그 근교에서 벌어진 사건을 해결하였다. 그런데 푸아로가 종종 방문하였던 중동 지역이 제2차 세계대전 이후 점차 식민지에서 독립하면서, 정세가 불안해져 휴양지로서의 인기가 급격히 사그라들었다. 대신 여전히 영국령으로 남아 있던 서인도 제도가 새로이 주목받았고, 영국의 자본이 대량 투자되면서 본격적으로 관광지로 개발되었다. 런던-서인도 제도 간 직행 항공편[19]이 처음 취항한 것도 이 시기였다. 1960년대에 이르자 예전에는 고위층이나 유명 인사의 특권이었던 해외여행의 문이 서민들에게도 활짝 열리게 되었다. 아마 일본에서는 '단체 여행' 하면 다 함께 똑같은 항공사 가방을 들고 다니던 기억을 떠올리는 세대도 있을 것이다. (당시 일본은 1950~60년대 초까지 고도의 경제성장을 달성하고, 도쿄 올림픽을 성공적으로 개최하여 세계적인 경제 선진국 반열에 올랐다. 이러한 분위기 속에서 1964년부터 해외여행 자유화를 시행하면서 여행사가 주관하는 패키지 해외여행 문화가 유행하게 되었다. 한국은 1989년에 이르러서야 일반 국민의 해외여행이 자유화되었다. 1960년대 한국 사람들에게는 해외여행은커녕 국내 여행조차 생소한 문화였다.-역자 주) 이 작품의 시대 배경으로는 레이먼드가 마플에게 비행기 해외여행을 권유하는 게 아주 자연스럽다.

마플이 직접 해외여행을 하면서 다른 작품들과는 다른 분위기가 생겼다. 지금까지 지인들에게 둘러싸인 연고지에서만 활약했던 마플이 난생 처음 전혀 모르는 사람들 사이에 놓이게 된 것이다. 이 낯선 환경의 마플과 콤비를 이루는 사람이 '라피엘'이다. 개인적으로 이 콤비를 아주 좋아한다.

라피엘은 엄청난 부자이며 거동이 불편한 노인이라 신변을 돌보아 주는 비서와 전속 안마사를 동행하고 있다. 괴팍하고 제멋대로에 불평불만이 가득하며, 다른 사람을 헐뜯기 일쑤고 주위를 쉽게 휘두르는 사람이다. 여기까지만 들으면 절대 마주치고 싶지 않은 인간상이라 여겨진다. 하지만 처음에는 마플을 '할머니'라고 무시하다가 그녀의 날카로운 통찰력을 알아가면서 다시 보게 되는 점이 라피엘 캐릭터의 관전 포인트다. 물론 마플도 라피엘의 특성을 파악하고 점점 그를 능수능란하게 다루게 된다.

이윽고 클라이맥스에서 마플은 라피엘과 함께 살인범에게 맞선다. 약하고 몸도 불편한 할머니와 할아버지, 단 둘이서 말이다. 마플은 자신을 '복수의 여신'이라고 칭하면서 라피엘을 독려한다. 이처럼 멋진 히어로가 또 있을까?

여기서 '복수의 여신'도 중요한 키워드다. 제1장에서 마플이 나중에 큰 변화를 겪게 된다고 넌지시 언급한 바 있다. 이는 '복수의 여신'으로의 변모를 의미한다. 메이헴 파바에서의 마플은 지인이 휘말린 사건을 해결해 주는 초보 탐정에 지나지 않았다. 그러나 『주머니 속의 호밀』(1953) 즈음부터 그녀는 불의에 대한 분노로 움직이게 되고, 어느 작은 마을의 탐정에서 정의의 집행 자로 변화하기 시작한다. 이때 당시 영국에서는 사형 제도 폐지 관련 논의가 활발했는데, 마플이 여러 작품에서 사형 존속을 강하게 주장하였음에 주목해야 한다. 뉘우치지 않는 악(惡)은 단 죄해야만 한다는 크리스티식 정의가 마플에 반영된 것이다.

시대의 흐름에 따라 푸아로 시리즈가 개성을 잃어가는 데 반해 마플 시리즈는 점점 더 강렬한 인상을 남긴다. 그 이유 중 하나는 크리스티가 마플에게 정의의 집행자라는 위치를 부여했기 때문이다. 이후 『복수의 여신』(1971)[20]에서는 라피엘의 유언을 받아들인 마플이 다시 한번 나서게 되고, 독자들은 할머니 탐정의 진면목을 비로소 확인하게 된다.

이 작품의 미스터리적 요소는 '소령은 과연 무엇을 보았는 가?'이다. 피해자가 무엇을 보고, 무엇을 알아챘는지가 주된 수 수께끼인 작품은 이 외에도 많다. 크리스티의 주특기라고도 할 수 있다. 확실한 단서를 주면서도 독자가 쉽게 눈치채지 못하게 하는 크리스티의 마법 같은 묘사는 이미 관록의 경지에 이르렀다. 과연 얼마나 많은 힌트를 알아챌 수 있는지가 작가와의 신경전에서 이기기 위한 관건이다.

여담   줄리아 맥켄지(Julia McKenzie) 주연의 2013년 ITV판 드라마에서는 이언 플레밍이라는 젊은 작가가 호텔 손님으로 등장한다. 작중 플레밍은 신작 스파이 소설의 주인공 이름이 정해지지 않아 고민하고 있던 찰나, 호텔에 강연하러 온 한 조류학자가 "My name is Bond, James Bond."라고 자기 소개하는 것을 듣고 아이디어를 얻은 듯 메모한다. 이 장면 자체는 드라마에만 나오는 오리지널 창작 에피소드다. 하지만 플레밍이 제임스 본드의 이름을 실제 조류학자로부터 차용한 것은 사실이며 이를 드라마에 써도 된다는 본인의 허락도 받았다고 한다. 아마도 조류학자 본드가 서인도 제도의 조류에 대한 저서로 유명했던 점에서 착안한 에피소드일 것이다. 다만 007 시리즈의 첫 번째 소설은 1953년에 출간되었으므로 1960년대 배경인 점은 시기상 오류라고 할 수 있다.

전쟁이 불러온 결과

크리스티의 작품은 대체로 사회적·정치적 문제를 거의 다루지 않고, 그와 동떨어진 환경 속에서 순수하게 인간의 모습과 수수께끼 해결만을 즐길 수 있는 편이다. 하지만 그렇다고 해서 사회 정세와 전혀 무관한 것은 아니다. 크리스티가 들려주는 이야기의 배경에는 집필 당시의 사회적 분위기가 자연스럽게 녹아들어 있다. 특히 전쟁이라도 나면 더욱 그렇다.

크리스티는 두 차례의 세계대전을 경험했다. 제1차 세계대전 중에 쓴 『스타일스 저택의 괴사건』에서는 전시하 컨트리하우스의 일상을 묘사했고, 전쟁 난민도 등장한다. 전쟁이 끝난 직후를 배경으로 한『비밀 결사』에서는 전후 불황과 실업률 증가에 괴로워하는 젊은이(그리 괴로워 보이지는 않지만)를 주인공으로 내세웠다.

이상의 두 소설은 초기 작품이지만, 인기 작가의 명성을 얻은 뒤 맞이한 제2차 세계대전 때는 약간 분위기가 달라진다. 전쟁이 발발하기 직전에는 세태를 반영한 작품을 써 달라는 요청을 받기도 하고, 작가 그레이엄 그린이 크리스티를 홍보 업무에 끌어들이려다가 거절당하기도 했다. 크리스티의 영향력이 예전보다 훨씬 커졌다는 뜻이다.

크리스티는 전쟁을 배경으로『하나, 둘, 내 구두에 버클을 달아라』(1940)를 썼다. 치과에서 일어난 살인 사건을 그리면서 파시즘 지지 단체와의 분쟁을 다루는 등 당시 사회 정세를 반영하였다. 사실 이 작품에서 크리스티는 푸아로의 입을 빌려 신분과 지위를 막론하고 인간의 생명을 선별해서는 안 된다고 말한다. 전쟁 직전의 분위기 속에서도 외국인 탐정에게 그런 대사를 주다니 놀라울 따름이다.

하지만 전시하에서는 푸아로가 등장하는 작품이 줄어든다. 『다섯 마리 아기 돼지』(1942)에서는 전간기에 일어난 과거 사건을 다루었고, 『백주의 악마』는 사회적 혼란으로부터 격리된 휴양지를 무대로 했다. 이는 배틀 총경이 나오는『0시를 향하여』도 마찬가지였다. 그 후 전쟁이 끝날 때까지 푸아로는 크리스티의 소설에 나오지 않았다. 제2차 세계대전이 발발한 지 얼마 안 돼서 벨기에가 나치 독일에 항복하여 연합국 측의 비난을 받고 있었으니, 영국인이 저지른 범죄를 벨기에인 탐정이 파헤치는 구도는 도저히 쓰기 어려웠을지도 모른다.

반대로 다른 시리즈 캐릭터들의 등장은 늘어났다. 전쟁 중이라서 나오기 딱 좋았던 토미&터펜스는 19년 만의 장편소설『N 또는 M』으로 오랜만에 모습을 드러냈다. 정치와 아무 상관 없는 미스 마플은『서재의 시체』를 통해 12년 만에 나올 수 있었다. 이 사이에는 단편집을 하나 냈다.[21] 이어서『움직이는 손가락』(1942)으로 마플의 완벽한 부활을 독자들에게 각인시켰다. 크리스티는 사회와 동떨어진 온화한 마을의 일상, 즉 메이헴 파바를 전쟁이 한창일 때의 작품 속에 보란듯이 내세웠다.

당연하게도 전쟁은 크리스티의 일상까지 망가뜨렸다. 교외에 있던 저택은 군대에 접수되었고 런던의 아파트는 폭격당했다. 여행 제한 때문에 맬로언의 발굴조사 작업도 중단되었으며 사위는 전사했다. 또『슬픈 사이프러스』(1940)의 표지가 마음에 들지 않아 다시 인쇄해 달라고 출판사에 부탁했지만, 전쟁 때문에 종이가 부족해 받아들여지지 않았다고 한다.

1940년 9월부터 1941년 5월에 걸친 '더 블리츠(The Blitz, 런던 대공습)'가 막대한 피해를 남기자, 크리스티도 만일의 경우[22]를 고려하지 않을 수 없었다. 향후 집필하기 어려워질 때를 대비하여 『0시를 향하여』 원고를 다 써놓고도 출판을 미루어 달라고 부탁했고, 혹시나 죽을지도 모른다는 생각에 전시 상황에서도 푸아로 시리즈 및 마플 시리즈의 마지막 작품으로 각각 『커튼』 (1975)과 『잠자는 살인』(1976)을 썼다. 이 두 작품은 판권에 대한 유언과 함께 한동안 보관되었다.

전쟁이 끝난 후 크리스티는 『파도를 타고』(1948)에서 푸아로를 다시 소환했다. 이 작품은 종전 직후를 배경으로 하지만, 크리스티가 묘사하는 풍경은 도저히 전승국의 모습이라고는 생각하기 어렵다. 시민들은 고통스러운 생활을 이어가고 상류층 역시 가택 수선비조차 내지 못한다. 보급표가 없으면 옷도 살 수 없는 전후의 경제적 혼란이 이 작품의 중요한 배경이다.

이처럼 크리스티의 작품은 정치와 무관하다는 인상이 강하지만 실상 연대순으로 읽어보면 영국의 사회적 변화를 오롯이 전달하고 있다.

전쟁을 알 수 있는 책 2권

『ABC 살인 사건』(1936) [*김남주 역, 2013년 황금가지]
———

에르퀼 푸아로는 자신을 ABC라고 칭한 누군가로부터 앤도버(Andover)에서의 범행 예고 편지를 받는다. 그리고 예고대로, 앤도버에서 앨리스 애셔(Alice Ascher)라는 여성이 목 졸려 살해당하는 사건이 발생한다. 뒤이어 두 번째 예고장이 도착하고, 이번에는 벡스힐(Bexhill)에서 베티 바너드(Betty Barnard)가 살해당한다. 두 사건 모두 시체 옆에 이니셜을 강조하는 듯한 ABC 열차 여행 안내서가 놓여 있었다. 그렇다면 다음 대상인 C는 누구이며, 어디에서 살해당하는 것일까?

『ABC 살인 사건』은 크리스티의 대표작 중 하나다. 오직 범인만이 알고 있는 규칙에 기반하여, 어떠한 공통점도 없는 (것처럼 보이는) 피해자들이 살해당한다. 이 '미싱 링크(missing link)' 소재는 이후 많은 후속작들을 탄생시켰다. 왜 하필 연쇄살인이어야만 했는지 그 동기도 이제는 클리셰가 되었다. (본래 미싱 링크는 한 종이 다른 종으로 진화하는 과정의 중간 단계 화석 중 아직 발견되지 못한 것을 뜻한다. 미싱 링크가 있으면 한 생물의 진화 과정에 커다란 공백이 생겨

연속적인 이해가 어려워진다. 이러한 본뜻을 따와, 추리소설에서는 아무런 관계가 없어 보이는 연속적 사건 사이에 모종의 공통점이 존재하는 클리셰를 가리키는 용어가 되었다.-역자 주)

이 작품은 용의자를 확실히 특정할 수 없는 개방적 구조인 점에서 다른 푸아로 시리즈와 결정적인 차이를 보인다. 푸아로는 계속 범인에게 선수를 빼앗기고, 사망자가 등장하고 나서야 움직인다. 마치 긴다이치 고스케(金田一耕助)를 보는 듯하다. (긴다이치 고스케는 일본의 유명 추리소설 시리즈에 등장하는 탐정이다. 소년탐정 김전일의 명예를 담보하는 그 유명한 '할아버지'가 바로 이 인물이다. 긴다이치는 사건의 진상을 파악하는 데 주력한 나머지 범죄의 방지 측면에는 무관심한 편이라, 추리하는 사이에 범인이 추가 범죄를 일으켜 희생자가 더 늘어나는 경우가 비일비재하다.-역자 주) 사건이 발생할 때마다 관련자들에 대한 탐문을 하지만, 그것이 반드시 다른 사건으로 연결이 되는 것도 아니다. 푸아로는 한치 앞도 내다보지 못하고 그저 휘둘리기만 한다.

이러한 구성은 추리를 즐기는 독자들에게 약간 불친절하긴 하다. 그나마 가끔 등장하는 알렉산더 보나파르트 커스트가 푸아로와 헤이스팅스가 모르는 정보를 독자들에게만 슬쩍 알려준다. 처음에는 그가 나오는 장면이 무엇을 의미하는지 알 수 없다. 다만 커스트의 이름 이니셜이 ABC라는 점에서 독자는 그가 어떤 역할인지 상상하고 추리하며 읽어나갈 수 있다.

크리스티 문고의 해설에서 노리즈키 린타로(法月綸太郎)가, 『애거사 크리스티 완전 공략』에서 시모쓰키 아오이가 지적한 것처럼, 이는 전형적인 현대 연쇄살인물, 혹은 사이코 서스펜스물 구조이다. 독자들에게 조금씩 힌트를 흘리면서 서스펜스 분위기를 고조시키는 구조 속에서도 크리스티다운 계획이 깔려 있으니 방심은 금물.

그런데 왜 『ABC 살인 사건』이 '전쟁을 알 수 있는 책'인 것일까? 아직 읽지 않은 사람들을 위해 스포일러가 되지 않는 선에서 설명하자면, 이 작품에 제1차 세계대전의 후유증으로 괴로워하는 인물이 등장하기 때문이다.

그는 전쟁 중 머리를 다친 후, 발작으로 고통을 겪는 인물이다. 전후 불황으로 변변찮은 직업도 없는데 설상가상으로 세계적인 경제 공황까지 덮쳐온다. 『ABC 살인 사건』은 제1차 세계대전 종전으로부터 18년 후에 출간되었지만, 꽤 오랜 시간이 흘렀음에도 여전히 전쟁의 상흔에서 헤어나지 못한 사람들이 있었다.

제1차 세계대전은 이전까지의 국지전과 차원이 달랐다. 화학병기가 등장하고 전차와 화염방사기가 참호를 덮치며 대량

학살이 자행되었다. 참호전을 거듭하면서 시시때때로 죽음의 공포를 마주하였던 병사들은 '셸 쇼크(shell shock)'라는 심신장애를 얻었다. 전후에도 플래시백(flashback)에 시달리는 등 전투 스트레스 반응, 이른바 PTSD[23]로 괴로워하는 병사들이 수없이 많았다. 이는 제2차 세계대전이나 베트남 전쟁도 마찬가지였다.

작품의 마지막 부분에서 푸아로는 범인이 한 짓이 끔찍한 범죄이며 XXXXX에도 어긋난다고 강조한다. 사실 그의 발언은 연쇄살인을 지칭한 것이 아니다. 과연 어떤 점이 끔찍하다는 것일까? 푸아로의 대사로 크리스티가 전하고자 한 진의는 무엇일까? 이 작품을 일종의 반전(反戰) 소설로도 평가할 수 있다는 점과 연결해 이해해 보기를 바란다.

『ABC 살인 사건』이 간행되고 3년 후, 전 세계는 다시금 전쟁의 포화에 휩싸이고 만다.

『N 또는 M』 (1941) [*이수경 역, 2023년 황금가지]

전쟁이 한창인 1940년, 40대 중반의 토미와 터펜스 부부는 울며 겨자 먹기로 은퇴 생활을 보내고 있었다. 제1차 세계대전에서 각각 사관과 간호부로 최전선에서 활약했던 그들은 제2차 세계대전이 발발하자 이번에도 적극적으로 참전하려 했지만, 이제는 나이가 너무 많다는 이유로 문전박대를 당한 것이다.

그러던 와중, 토미가 정보부의 지령을 받는다. 어느 하숙집에 나치 독일의 스파이로 추정되는 인물이 머물고 있으니 숙박객인 척 잠입 조사하라는 지령이었다. 기밀 사항이기에 터펜스에게는 알리지 못한 채 토미는 혼자 그 하숙집으로 향한다.

물론 이를 눈치챈 터펜스가 어른스럽게 대처할 리 없었다. 그다음 전개를 생각하면 웃음부터 난다. 변함없이 재미있는 부부지만 당시 현실은 녹록지 않았다. 전쟁 중이었으니 당연한 일이다.

하숙집의 식사 시간에 전쟁에 대한 불만과 나치 독일을 향한 욕설이 터져 나왔다. 한껏 기세등등하게 "그 전격작전인지 뭔지 하는 것도 독일군이 최후의 발악을 하는 것일 뿐"이라는 대사도 나온다. 전격작전이란 앞서 설명했던 '더 블리츠'를 가리킨다. 즉 『N 또는 M』은 런던 대공습의 한복판을 그린 소설이다. 실제로는 최후의 발악은커녕, 연합군에게 악화일로인 전황으로 치닫고 있었다.

『N 또는 M』은 당시 세태를 반영해 달라는[24] 출판사의 요청으로 집필한 작품이다. 아직 참전하기 전이었던 미국에서 잠시 출판이 보류되었을 정도로 반(反)나치적 색채가 전면에 드러난다. 하지만 『하나, 둘, 내 구두에 버클을 달아라』에서 푸아로를 통해 생명의 평등함을 말했던 크리스티는 이 작품에도 그녀 나름의 메시지를 담아냈다.

작중에 이런 대사가 있다.

"전쟁 중이니까 우리는 당연히 적에 대해 나쁘게 말할 수밖에 없어요. 분명 독일 쪽에서도 마찬가지겠죠."

하지만 독일인 한 명 한 명에게 시선을 돌리면 그들 모두 우리와 똑같은 인간이고 서로 같은 마음을 가지고 있다. 아무리 독일이 싫어도 독일인이 싫은 것은 아니며, 전쟁 중인 지금만 적대하고 있을 뿐이다. 이것이 크리스티가 소설 속 등장인물을 통해 말하고자 한 바였다.

이러한 인식은 정말 놀랍기 그지없다. 크리스티는 국가가 전쟁을 시작했지만, 국민은 독일인을 싫어할 이유가 없고, 전쟁이 끝나기만 하면 다시 사이좋게 지낼 수 있으리라 전하고 있다. 이러한 메시지를 전하기 위해 일부러 세태를 반영한 것은 아닐까?

한편 스파이 소설의 형식을 취하면서도 하숙집 안에서 스파이를 추적하는 내용은 추리소설의 '후더닛' 구조를 그대로 따르고 있다. 이 부분에서 크리스티의 서술 테크닉이 가장 빛을 발한다. 섬세한 복선과 속임수가 선명하게 드러난다. 진상을 알고 나서 다시 읽으면, 어떤 등장인물의 대사 속에서 당연히 나올 만한 말이 단 한 번도 나오지 않는 점을 깨닫고 깜짝 놀라게 된다. 과연 그 말은 무엇일까?

이 작품이 세대 간 갈등을 담았다는 점도 중요하다. 기성세대를 무시하는 청년들과 한창때의 현역에게 괜히 트집을 잡는 노인들 사이의 대비, 부모 자식 간에 가로놓인 단절 등이 반복적으로 나타난다. 청년은 기성세대를, 자식은 부모를 이해하지 못한다. 하지만 젊은이의 '몰이해'를 어른들은 이미 알고 있다. 자신들 역시 그러했기 때문이다. 젊음 특유의 '몰이해'까지 감싸 안으며, 어른들은 젊고 어린 이들을 있는 그대로 사랑한다는 사실이 이 이야기의 밑바탕에 깔려 있다.

이러한 주제 의식은 토미&터펜스 콤비가 나이를 먹어 가는 캐릭터였기에 담아낼 수 있었다. 독자들은 지난날 토미와 터펜스가 어찌나 무모한 젊은이들이었는지, 그들이 얼마나 근거 없는 자신감으로 가득 차 있었는지 속속들이 꿰고 있다. 그러니 한껏 우쭐해져 있는 젊은이들을 보며 저도 모르게 쓴웃음 지을

117

수밖에 없는 것이다.

집필 후, 자택을 폭격당한 크리스티는 저작권 대리인에게 편
지를 보냈다. "마지막 장을 좀 더 잘 쓸 수 있을 것 같아요. 최신
정보를 넣어서 말이에요. 예를 들어 토미와 터펜스의 집이 폭격
당하는 바람에 방공호를 배경으로 설정한다든지."
그녀의 예술혼에 찬사를 보낸다.

대영제국의 변화

1945~1946년에 걸친 약 1년간 크리스티는 집필을 중단하고 전후 일상을 재정비하는 시간을 보냈다. 군에 접수되었던 저택을 돌려받은 뒤로 재정비와 이사 때문에 정신없이 바빴기 때문이다. 무려 14개[25]로 증축했던 저택 화장실의 철거 비용을 둘러싸고 군과 싸움 혹은 교섭하는 과정에서 꽤나 고생했던 것 같다.

재정비가 필요한 것은 저택뿐만이 아니었다. 영국도 재정비의 시간을 맞이하였다. 전승국이기는 했지만, 영국이 받은 경제적 타격도 패전국인 독일·일본과 비슷한 수준이었다. 더구나 식민지의 잇따른 독립도 국가 재정을 압박하고 있었다. 이제는 대대적인 변혁이 필요한 시점이었다. 이에 영국은 '요람에서 무덤까지'라는 슬로건을 내세운 사회보장제도, 주요 산업의 국유화, 도시계획 및 전원 계획 등 국가 재정비를 위한 정책들을 내놓았다.

식민지 소실과 도시의 변화, 세금 인상에 따라 전쟁 전까지 상류층이 누리던 라이프 스타일은 완전히 무너지고 말았다. 젊었을 때는 식민지로 떠나 있다가 남은 인생은 교외의 컨트리하우스에서 여유를 즐기는, 상류층에게 당연했던 생활 방식은 더이상 유지할 수 없었다. 컨트리하우스에 더부살이하던 메이드나 정원사들은 다른 일을 찾아 도시로 떠나버렸다. 반대로 전원지대에는 뉴타운이 조성되고 외지 사람들이 들어오게 되었다.

말 그대로 공동체는 붕괴됐다. 전간기에 가장 번성하였던, 그리운 메이헴 파바는 이제 없다.

크리스티는 이를 역이용했다. 영국의 변화를 메이헴 파바에 적용한 것이다. 예를 들어 1952년에 간행된 『마술 살인』[26]에는 원래 상류층이 노블리스 오블리주(신분이 높은 사람에게는 그에 맞는 책임이 뒤따른다는 사고방식)로 행하던 자선 및 교육 활동을 국가가 대신하게 되었다는 이야기가 나온다. 이 작품에 등장하는 상류층 가정은 새로운 자선 활동으로 소년원을 설립하는데 바로 여기서 사건이 일어난다. 확실한 것은 당시 영국에서 상류층의 역할이 달라졌다는 점이다.

물론 이는 아직 상류층의 지위와 생활 양식을 보전할 수 있는 경우에 해당했다. 컨트리하우스를 유지하지 못해 매각하거나 하숙집 등으로 개축해 수입을 얻는 사람도 많았다. 이러한 상황은 『마술 살인』과 같은 해에 간행된 『맥긴티 부인의 죽음』(1952)[27]에서 확인할 수 있다. 여기서는 하인 하나 없이 황폐해진 저택에 계속 사는 사람, 식민지에서 돌아와 선조 대대로 물려받은 컨트리하우스를 민박집으로 쓰는 사람 등이 등장한다. 반면 한창 잘나가는 실업가가 모던한 집에서 집사를 부리며 사는 모습도 그려진다. 생각해 보니 가즈오 이시구로(Kazuo Ishiguro)의 『남아 있는 나날』[28]에서는 미국인 부호가 컨트리하우스를 매입했던가?

『마술 살인』은 마플 시리즈, 『맥긴티 부인의 죽음』은 푸아로 시리즈 작품이다. 지금껏 쭉 살아온 모국의 변천을 가만히 지켜본 '영국인' 마플과 여태 경험한 적 없는 잡다한 환경 속에 놓인 '이방인' 푸아로의 대비도 흥미로운 지점이다.

참고로 1965년 출간된 『버트럼 호텔에서』에서는 그리운 옛 대영제국을 끝내 잊지 못하는 사람들이 등장한다. 에드워드 왕조 시대로 타임 슬립한 것처럼 꾸며놓은 호텔을 무대로 하면서도 한편으로는 비틀즈 등의 현대적 화제가 거론된다. 이 작품 역시, 세월의 흐름과 변화를 몸소 증명하는 마플이 활약하는 장편소설이다.

영국의 변화를 알 수 있는 책 3권

『살인을 예고합니다』 (1950) [*이은선 역, 2013년 황금가지]

——

"살인을 예고합니다. 10월 29일 금요일 오후 6시 30분 리틀 패덕스에서. 친지분들이 오시기를 기다리고 있겠습니다."

어느 날 아침, 전혀 이해할 수 없는 광고가 지역 신문에 게재되었다. 사람들은 무슨 살인 게임인가 싶어 부랴부랴 저택으로 향한다.

하지만 리틀 패덕스 저택의 주인들 모두 딱히 짚이는 구석이 없다고 한다. 그래도 모처럼 찾아온 손님들을 대접하기 위해 준비하기 시작한다. 이윽고 예고한 시간이 되자, 갑자기 조명이 꺼지고 한 남자가 문을 열고 들어온다.[29] 이어지는 세 발의 총성! 황급히 라이터를 켜서 둘러본 그곳에는 총을 쏜 당사자인 듯한 남자의 시체가 쓰러져 있었다…….

도입부부터 아주 매력적이다. 살인 예고를 신문으로 한다는 연출뿐 아니라 갑자기 난입한 당사자가 죽어버린 것도 그렇다. 경찰이 죽은 남자의 신원을 확인하고, 현장에 있던 사람들을 개별적으로 신문한다. 그렇게 만반의 준비를 마친 뒤에야 마플이 등장한다.

『살인을 에고합니다』는 앞서 설명한 것처럼 전후 메이헴 파바의 변화를 훌륭히 활용하여 구성한 소설이다. 사건의 무대인 치핑 클래그혼은 본디 고급 주택지다. 상점과 카페가 있고, 옛날에 농사꾼들이 살던 오두막집은 새로 단장하여 혼자 사는 여성이나 은퇴한 부부의 집이 되었다. 빅토리아 시대의 건물도 남아 있다. 여기까지만 보면 전간기의 메이헴 파바와 크게 달라지지 않은 것 같다.

그러나 실제로는 주민 모두 전후의 물자 부족에 신음하고 있다. 생일이지만 케이크를 구울 재료가 하나도 없다. 옛날에는 석탄이나 코크스가 흔했다니, 젊은이들에게는 도저히 믿기지 않는 소리일 뿐이다. 눈 씻고 찾아봐도 하인으로 쓸 만한 사람이 없지만 변변찮은 하인마저도 없으면 생활이 곤란해지니 하는 수 없이 고용한다. 오히려 고용주가 하인의 비위를 맞춰줘야 할 지경이다. 무엇보다 전간기의 메이헴 파바와 가장 다른 점은 전쟁이 끝난 뒤 여기로 새로 이사온 사람들이 많아졌다는 것이다. 마플은 이렇게 말한다.

"15년 전에는 모든 주민이 서로를 알고 있었습니다. [중략] 만약 새로운 사람, 외지에서 온 신참내기가 들어오면 엄청 눈에 띄었겠죠. 주민 모두가 '저 사람은 누구지?' 하면서 궁금해하고 그에 대한 모든 것을 알아낼 때까지 진정하지 않았을 테고요."

하지만 15년 후, 새로운 이웃이 누구인지 알 수 있는 기회라고는 자기소개 정도밖에 없게 되었다.

물자 부족, 하인 부족, 외지 사람들의 유입. 이 작품에는 전후 공동체를 덮친 세 가지 요소가 모두 등장한다. 이것들은 단순한 배경이 아니다. 구체적으로는 쓸 수 없지만, 이 세 가지 요소가 어우러져 어떠한 형태로 사건 전개에 관여하게 된다. 전쟁 이후 무너져 가는 공동체이기에 가능한 서술적 장치, 이 당시의 전원지대 마을에서만 성립할 수 있는 미스터리이다. 이렇게 크리스티는 그리운 메이헴 파바의 양식을 역으로 이용한다.

이처럼 새로운 장치를 만드는 한편, 전간기와 달라지지 않은 부분도 있다. 독자들에게 단서나 힌트를 주는 방법[30]이다. 이 작품에도 평범한 일상 묘사 중에 자연스럽게 힌트가 끼어들어 있고, 무심코 읽고 지나쳐 버릴 것 같은 단서가 우수수 등장한다. 크리스티의 주특기, 분명히 적혀 있는데도 눈치채지 못하는 복선에는 경의를 표할 수밖에 없다. 진상을 알고 나서 읽으면 대놓고 쓰여 있었는데도 발견하지 못한 자신을 탓하고야 만다.

마플 시리즈의 단편소설 「성역」(『크리스마스 푸딩의 모험』 수록)도 치핑 클래그혼을 무대로 하였다. 『살인을 예고합니다』에 등장했던 인물이 다시 얼굴을 내비치기도 한다. 덤으로, 단편소설 「동행」(『열세 가지 수수께끼』 수록)까지 함께 읽으면 아주 재미있는 점을 발견하게 될 것이다.

『장례식을 마치고』 (1953) [*원은주 역, 2015년 황금가지]

———

대부호 애버니시 가문의 가주(家主) 리처드의 사망 후, 그의 유언이 공개되었다. 원래대로라면 아들에게 모든 재산을 물려줘야 하지만 그의 아들은 이미 병으로 죽은 후였다. 때문에 리처드는 재산을 6등분하여 동생들과 친척들에게 나누어 주라는 새로운 유언을 남겼다. 이때 막내 여동생 코라가 입을 연다.

"아주 제대로 수습한 것 같지 않아요?"

의미를 알 수 없는 말에 가족들은 당황을 감추지 못하는 가운데, 코라가 다시 한번 쐐기를 박는다. "리처드는 살해당했잖아요?"

평소 코라는 분위기 파악을 못 하고, 생각 없이 말하는 편이었기에 가족들은 그녀의 말을 무시한다. 그런데 다음 날 아침, 가사도우미

여성이 코라의 시체를 발견한다. 죽음을 불러온 것은 코라의 그 한마디였을까? 다른 상속인들은 용의자가 되고, 변호사는 푸아로에게 도움을 요청한다.

줄거리 소개에 부정확한 부분이 있는 점 먼저 사과드린다. 책을 읽고 나면 이렇게밖에 설명할 수 없음을 이해해 주시리라 믿는다.

『장례식을 마치고』는 굵직한 트릭이 초반부터 정면 충돌하는 쾌감과 재미를 느낄 수 있는 작품이다. 독자들 중에서는 이 트릭이 정말 가능할지 고개를 갸우뚱하는 사람도 있을지 모른다. 만약 그랬다면 데이비드 수셰이 주연의 드라마를 한번 보시기를 추천한다. 소설로만 읽었을 때보다 영상으로 보면[31] 단번에 그럴싸한 트릭임을 납득할 수 있을 것이다.

독자들이 결정적인 트릭을 빨리 눈치채지 못하도록 군데군데 주도면밀한 함정이 박혀 있다. 아주 정교하고 기술적인 서술이다. 특히 '무엇과 무엇을 연관시키며' 노련하게 함정을 구사하는 테크닉의 훌륭함은 두말하면 잔소리다.

여기서 주목할 점은 이 작품의 출발점, '재산을 똑같이 나누어 주라'는 유언이다. 이는 가족의 해체를 의미한다. 원래 리처드는 아들에게 모든 재산을 물려줌으로써 상류층의 생활 양식을 계승하려 했지만, 아들은 이미 죽었고 가족 구성원 중에서 가문을 맡기기에 적당한 사람도 딱히 없었다. 그래서 그는 가문 자체를 해체하기로 결심한다. 더 이상 가주라고 해서 가만히 앉아 돈을 벌 수 있는 시대가 아니었다. 그렇다고 사업 수완이 없는 사람에게 가주의 책임을 맡길 수는 없었다. 동시에 하인들에게는 여유가 생겼다.

젊은 세대는 이러한 변화를 두 팔 벌려 환영한다. 자신이 정말로 하고 싶은 일을 할 수 있게 되었기 때문이다. 다만 리처드의 조카 수잔은 사업을 물려받고 싶은데도 여자라는 이유로 그럴 수 없다는 사실에 억울해한다. 반면 예전을 그리워하는 노인들은 쓸쓸함을 느낀다. 하인[32]들에게서 그러한 면모가 두드러진다. 예를 들어 늙은 집사는 옛 시절을 그리워하면서도 이미 변해버린 세상 풍조는 어쩔 수 없다며 체념하고 만다.

"이처럼 훌륭한 저택은 이제 제 역할을 충분히 다한 것 같습니다. [중략] 저로서는 주인님의 젊은 시절부터 모실 수 있어서 영광이었습니다."

하지만 젊은 하인들은 전혀 개의치 않는다. 그들의 머릿속에는 가문이란 섬겨야 할 대상이 아니라 고용주일 뿐이라는 생각이 박혀 있다. 유산 분배라는 소재 하나만으로 이러한 시대적 변화를 그려내다니 대단할 따름이다. 한마디만 덧붙이면, 작중의 젊은 세대는 에르퀼 푸아로를 모른다!

『살인을 예고합니다』가 공동체의 변화를 그렸다면, 이 작품의 주제는 가족의 변화이다. 오래된 문화가 스러지고 옛 시대가 저물어 간다. 『장례식을 마치고』는 상류층의 시선으로 바라본, 침몰하는 대영제국을 위한 레퀴엠이다. 전후 영국의 변화는 단지 배경일뿐만 아니라 작품 속 사건을 읽어내는 열쇠가 된다. 영국 사회의 변화가 전제되어야만 범인의 정체와 살해 동기를 비로소 완전히 이해할 수 있기 때문이다.

『깨어진 거울』 (1962) [*한은경 역, 2021년 황금가지]

『서재의 시체』의 살인 현장이었던 가싱턴 홀 저택의 새 주인인 미국인 영화배우 마리나 그레그는 야전병원 부대의 기념 파티를 위해 저택을 빌려주었고다. 각종 언론과 마리나의 팬, 세인트 메리 미드 마을 사람들까지 파티의 손님으로 환대를 받는다.

파티 도중, 마리나의 열성 팬이었던 헤더 배드콕이 칵테일을 마시고 갑자기 사망한다. 독이 들어 있었던 칵테일은 원래 마리나가 마셨어야 할 음료였다.

미스 마플은 세인트 메리 미드 마을의 이미지가 강하지만 정작 마을을 배경으로 한 이야기는 『목사관의 살인』과 『깨어진 거울』 단 두 작품뿐이다. 『목사관의 살인』이나 『서재의 시체』를 이 작품과 비교해 보면 주변 풍경과 사람들이 많이 바뀌었음을 알아차릴 수 있다. 등장인물 중 몇 명은 죽었고, 저택은 팔린 데다 신흥주택지가 들어서 슈퍼마켓까지 생겨 있을 정도다.

『깨어진 거울』의 핵심은 가싱턴 홀에서 일어난 독살사건을 비롯하여 마리나를 둘러싼 여러 가지 사건들이다. 모두 참으로 애처롭고 슬플 정도로 아름다운 이야기다. 마리나의 이야기를 바탕으로 전개되는 미스터리와 그 진실[33]은 드라마적 측면에서는 크리스티의 모든 작품 가운데서도 최고 수준이다. 나지막하게 수수께끼를 남기는 마지막 장면이 특히 그렇다.

작중의 서사적 요소로 파티에서 마리나가 '얼어붙은 표정'을 짓는 대목이 있다. 도대체 왜 그녀가 그런 표정을 지었는지가 이 작품의 중요 포인트다. 크리스티가 이 대목에서 작품 제목과 동일한 구절이 나오는 테니슨(Alfred Tennyson)의 시를 인용하였음에 주목할 필요가 있다.

이 시는 탑에 갇힌 채 바깥 세상을 보면 죽는 저주에 걸린 샬롯 아가씨를 노래한다. 샬롯은 거울에 비친 기사 란슬롯에게 한눈에 반해버린다. 그의 모습을 직접 확인하고 싶은 마음에 무심코 밖을 보고 말았고, 그 순간 거울이 깨지며 저주가 발동하고 만다. 죽음의 저주를 무릅쓰고 샬롯은 그의 곁에 가려고 하지만…….

샬롯이 마리나를 상징하는 메타포임은 자명하다. 마리나가 얼어붙은 표정을 지은 순간이란 거울이 깨지고 샬롯의 저주가 발동한 순간과 다름없다. 그녀가 걸린 저주는 무엇일까? 그것은 이 작품을 읽어나가면서 알게 될 것이다. 마리나의 슬픔, 저항, 체념, 수용의 대상이 무엇이었는지가 이 작품의 서사를 이해하는 열쇠라 할 수 있다.

슬픔, 저항, 체념, 수용이라는 키워드는 세인트 메리 미드 마을과 마플에게도 적용된다. 서두에서 마플은 나이가 많이 들어 약해진 모습으로 등장한다. 오래된 것이 사라져 감에 쓸쓸해하고, 새로운 것에 좀처럼 익숙해지지 않는 할머니 마플. 하지만 사건을 해결하며 마플은 점점 되살아난다. 낯선 거리에서 오래된 친구와 뻔한 대화를 즐기면서 새로운 인간관계도 맺는다. 이를 통해 마플이 시대의 변화와 신체적 노화에 저항하는 동시에 이를 수용함이 한번에 드러난다.

이 작품이 굳이 마플을 주인공으로, 세인트 메리 미드 마을을 배경으로 설정한 이유는 무엇일까? 시대가 바뀌어도 사람은 바뀌지 않는다는 사실을 보여주기 위함이다. 마리나나 헤더 같은 사람은 언제 어디에나 존재한다. 이 작품에 묘사된 부부와 가족 간의 사랑도 시대와 장소를 막론한다. 전후 영국의 공동체는 점점 달라졌지만 사람만큼은 아무것도 달라지지 않은 것이다. 그렇기에 이 작품의 주인공은 마플이어야만 했다. 사건에 연루된 인물들을 과거 경험이나 지인에 대입해 보는 마플의 추리 방식은 시대에 따라 사람이 변한다면 절대 성립할 수 없다. 『깨어진 거울』 속 사건을 해결한 탐정이 마플이라는 사실은, 그 자체로 시대가 바뀌어도 사람은 바뀌지 않는다는 결정적인 증거인 셈이다.

여담　　이 작품은 1980년 영화화되어 한국에서는 「거울 살인 사건」이라는 제목으로 소개됐다. 마플 역은 「제시카의 추리극장」으로도 유명한 안젤라 랜스베리(Angela Lansbury)가 맡았다. 그녀는 1978년 영화 「나일 강의 죽음」에서 살로메 오터번 역으로 출연한 바 있었다. 우스갯소리지만 영화 「나일 강의 죽음」 속 카르나크호에는 푸아로와 마플이 둘 다 타고 있던 셈이다.

1   출전은 『Snobbery with Violence』(1971). 1920년대 미스터리부터 전후(戰後) 007 시리즈의 제임스 본드까지 다룬 범죄소설 평론집이다.

2   출전은 "The Message of Mayhem Parva"(1977). H. R. F. 키팅(H. R. F. Keating) 편, 『신판 애거사 크리스티 독본(新版アガサ・クリスティ-読本)』(하야카와쇼보)에 「노스탤지어 왕국(ノスタルジ-の王国)」(미야와키 다카오 번역)으로 수록되었다.

3   이 트릭은 크리스티가 형부에게서 얻은 아이디어와 그녀의 독자였던 해군 장교 마운트배튼 백작의 제안에 따라 만들어졌다. 45년 후 이 사실을 믿지 않는 딸에게 대신 증명해달라는 마운트배튼 백작의 부탁으로 크리스티는 자세한 경위를 설명한 편지와 함께 사인본을 헌정했다.

4   피에르 바야르는 『누가 로저 애크로이드를 죽였는가?』(여름언덕)에서 크리스티가 남긴 단서들을 토대로 진범은 다른 사람이라고 지적했다.

5   출판 순서가 뒤바뀌었지만, 먼저 집필된 『빅 포』의 마지막에 가면 푸아로가 탐정을 은퇴하고 호박 기르기에 전념하겠다고 선언하는 장면이 나온다.

6   이는 크리스티가 이 작품을 나중에 다시 읽었을 때의 감상이며, 그녀는 자서전에서 작품을 집필하고 있었던 때의 일은 전혀 기억나지 않는다고 밝혔다. 당시 그녀는 맬로언과 갓 재혼하여 생활 환경이 크게 달라지고 공적·사적으로 매우 바쁜 시기였다.

7   마플 시리즈 드라마는 BBC와 ITV가 각각 제작했다. 소설은 다양한 방면에서 마플에게 지나치게 의존한다는 단점이 있었는데, 두 방송사 모두 이 부분을 적절히 각색하였다.

8   정신적으로 밑바닥을 찍었던 이 시기의 작품으로는 잡지 연재작을 모은 『빅 포』와 단편 「플리머스 급행열차」(『빅토리 무도회 사건』 수록)를 장편소설로 확장한 『블루 트레인의 수수께끼』가 있다. 전남편과의 여행 추억이 담긴 블루 트레인을 무대로 하였던 『블루 트레인의 수수께끼』에 대해서 크리스

티는 '화가 치미는 작품', '재미없다' 등 혹평을 남길 정도로 싫어했다. (하지만 두 작품 모두 대중적으로 많은 인기를 누렸다.)

9 맬로언은 크리스티보다 14세 연하였다. 적지 않은 나이차를 신경 쓰고 있었는지, 결혼증명서에서는 각자 나이를 속여서 크리스티는 세 살 적게, 맬로언은 다섯 살 많게 작성하여 혼인 신고하였다.

10 19세기 말 아프리카 종단정책을 펼친 영국은 현재의 남아프리카공화국이나 짐바브웨 등도 식민지로 두고 있었다. 이와 같은 영국령 지역을 무대로 한 작품이『갈색 양복의 사나이』다.

11 데이비드 수셰이(David Suchet)가 주연한 드라마는 튀니지에서 촬영하였다. 당시 푸아로 분장을 위해 배 부분에 빵빵한 충전물을 둘렀던 수셰이가 더위로 심하게 고생하는 바람에 주로 아침과 저녁에만 촬영이 이루어졌다고 한다. 드라마를 유심히 보면 대체로 그림자가 긴 것을 확인할 수 있다.

12 이미 다 소개해 놓고 조금 김빠지긴 하지만, 이 작품의 매력은 집필 당시의 크리스티를 그대로 보여주고 있다는 점 하나뿐이다. 사실 미스터리로서는 허점이 많아 결코 좋은 작품이라 할 수 없다. 중동 미스터리 작품으로는 『죽음과의 약속』(1938)을 추천한다.

13 거의 1년에 걸친 여행에서 돌아왔을 때 남편 아치는 직업을 잃었다고 한다. 그럴 만도 하건만, 당연히 복귀할 수 있다고 자신한 이유가 무엇이었는지 의아할 뿐이다.

14 세계 일주 여행 당시 인솔자로부터 자신을 범인으로 설정한 소설을 써 달라며 끈질기게 시달렸다고 한다. 작가라면 흔히 겪는 일이다. 참고로 원래 구상했던 제목은 그 인솔자의 저택 이름을 쓴『밀 하우스 괴사건』이었다.

15 단편소설 「플리머스 급행열차」를 장편으로 확장한 작품이다. 중심 주제는 동일하다.

16 1961년 마거릿 러더퍼드(Margaret Rutherford) 주연의 영화로 만들어졌다. 소설이 간행된 지 고작 4년 후의 영화라서 작중 등장한 패딩턴역이나 열차 내부 등이 책의 묘사와 동일한 것을 확인할 수 있다. 여담으로 영화의 원제는 「Murder, She Said」, 일본어판 제목은 「야간 특급의 살인」이었는데 솔직히 4시 50분 열차를 야간열차라고 말하기는 조금 어렵지 않나 싶다.

17 오리엔트 특급열차의 차장 이름은 피에르 미셸이다. 『블루 트레인의 수수께끼』에서도 동명의 차장이 등장하는데 서로 동일 인물인지는 알려진 바가 없다.

18 이 영화에서는 다양한 인종 구성뿐만 아니라 알코올의존증, 약물중독, 차별주의자 등 현대 사회의 각종 병폐를 등장인물에 반영시키고 있다.

19 2002년 하퍼콜린스(HarperCollins) 출판사에서 간행된 페이퍼백(paperback) 도서에서는 호화 여객선을 그린 일러스트를 표지로 실었다. 소설을 전혀 읽지 않고 표지를 결정한 것이 틀림없다.

20 원제는 'Nemesis'. 그리스 신화에 등장하는 여신으로, 인간의 오만한 언동에 대한 신벌의 보복을 의인화한 것이다. 이를 고려하면 복수의 여신보다는 불의에 분노하는 여신이 더 정확한 해석이다. 이 작품의 마플은 정말로 불의에 분노하는 여신 그 자체다.

21 크리스티는 공습이 계속되던 와중에 이 두 작품을 동시에 썼다. 성격이 다른 두 작품을 왔다 갔다 하면서 쓰니 기분 전환이 되어서 좋았다고 회상한 바 있다. 우연히도 둘 다 단편집을 사이에 두고, 10여 년 만에 나온 시리즈의 두 번째 소설이라는 공통점이 있다.

22 크리스티는 이혼 재판으로 괴로워하던 차에 『블루 트레인의 수수께끼』를 집필했다. 그로부터 15년 후, 그녀는 "예비 원고 한 편이라도 비장의 카드처럼 준비되어 있었더라면 훨씬 마음이 편했을 텐데요"라고 회상한 바 있다. 아마도 이 당시의 경험이 전쟁 중에 떠올랐던 것 같다.

23 전쟁 PTSD를 다룬 소설로는 어니스트 헤밍웨이(Ernest Hemingway)의 『해는 다시 떠오른다』(1926), J. D. 샐린저(J. D. Salinger)의 단편소설 「바나나피시를 위한 완벽한 날」(1948), 팀 오브라이언(Tim O'Brien)의 『실종(失踪)』(1994, 가쿠 슈켄큐샤), 니코 워커(Nico Walker)의 『체리』(2018, 잔) 등이 있다. 샐린저의 작품에서 제목을 따온 요시다 아키미의 만화 『BANANA FISH』(문학동네)도 베트남 전쟁 귀환병의 PTSD가 이야기를 움직이는 주요 동인이 되었다.

24 『N 또는 M』에는 블레츨리 소령이라는 인물이 등장한다. 그의 이름이 마침 영국의 정부암호학교(코드명 스테이션 X)가 세워졌던 '블레츨리 파크(Bletchley Park)'와 같다는 이유로 크리스티는 영국 보안국(MI5)의 심문을 받았다. 소설을 통하여 독일 측에 스테이션 X의 존재를 알리고자 한 것이 아니냐는 의심을 받은 것이다. 물론 MI5의 의심은 금방 풀렸다. 참고로 스테이션 X는 베네딕트 컴버배치 주연의 영화 「이미테이션 게임」(2014)의 무대가 되었다.

25 크리스티는 저택의 원상복구를 요구했지만 군의 입장은 완고했다. 군에서는 저택을 '개량'하는 차원에서 화장실을 증설하였고, 장차 저택을 학교로 전용하게 되면 분명 도움이 될 것이라고 주장하였다. 결론적으로 화장실 철거 비용 일체를 군에서 지불하게 되었다. 하지만 군 측의 주장을 통해 당시 저택을 유지하지 못하고 호텔, 학교 등으로 개축하는 상류층이 늘어나고 있었음을 엿볼 수 있다. 한편 크리스티의 저택은 그린웨이에 있었고, 이후 『죽은 자의 어리석음』(1956)에 거의 그대로 묘사되었다. 수셰이가 주연한 드라마에서는 실제 그린웨이에서 로케이션 촬영이 이루어졌다. 현재 이 저택은 영국 내셔널 트러스트에 기증되어 크리스티가 살았던 장소로서 일반에 공개되어 있다.

26 루스, 루이즈, 루이스 등 비슷한 이름들이 많이 나오므로 등장인물 이름 외우기를 어려워 하는 독자들은 주의할 것. 물론 영어 철자는 모두 전혀 다르다. 번역에서는 흔히 있는 해프닝이다.

27 영국에서 출간된 초판본 표지에는 흉기 삽화가 그려져 있다. 이 삽화는 크

리스티가 표지로 써 달라며 직접 제공한 흉기 사진을 모델로 한 것이다. 이 야기 중반부까지 범행 흉기에 대한 수수께끼가 풀리지 않는데 이렇게 대놓고 표지에 넣어도 괜찮았을까? 한편 작중 푸아로의 협력자 역할인 스펜스 경감은 『파도를 타고』, 『핼러윈 파티』, 『코끼리는 기억한다』에도 등장하였다.

28 이른바 '신뢰할 수 없는 화자'의 입장에서 서술된 명작이다.

29 이 장면을 쓰기 위해서 크리스티는 이웃에게 부탁해 어둡게 해 놓은 방에 손전등을 가지고 들어가 무엇이 보이는지를 실험했다. 그 이웃은 나중에 책을 읽고 나서야 크리스티가 부탁한 이유를 알게 되었다고 한다.

30 『살인을 예고합니다』는 소품을 훌륭히 활용한 작품이다. 조안 힉슨(Joan Hickson)이 주연한 동명의 BBC 드라마도 TV 화면에 무엇을, 어떻게 비출지 고심하여 촬영한 결과물이다. 오직 영상만이 줄 수 있는 힌트를 곳곳에서 즐길 수 있다. 진상을 알고 나서 되감기해 보면 어떤 장면에 힌트가 숨겨져 있었는지 발견하면서 감동할 수 있을 것이다.

31 이 작품은 1963년 마거릿 러더퍼드 주연의 마플 시리즈 영화로 만들어졌다. 제목은 「Murder at the Gallop」. 원작을 무시한 각색 때문에 크리스티가 크게 분노하는 바람에, 영화가 공개되는 즉시 원작 캠페인을 펼칠 예정이었던 출판사가 물 먹은 꼴이 되었다. 해당 제작사가 만든 마플 시리즈 영화는 총 4편이 있는데, 1964년 네 번째 작품 「Murder Ahoy!」는 끝내 원작 없이 오리지널 스토리(『마술 살인』의 요소가 극히 일부분 들어 있다)로 제작되었다.

32 변호사가 코라의 집을 방문하여 가사도우미인 미스 길크리스트와 대면했을 때, "당신은 이 집에 말동무로서 살고 있으면서 집안일도 하는 거라고요?"라고 찜찜하게 물어본다. 이는 그녀가 레이디스 컴패니언(『스타일스 저택의 괴사건』 설명 참조)인지 아니면 하인인지 확실치 않아 어떤 태도를 취해야 할지 고민하였음을 보여주고 있다. 변호사의 질문에 대하여 미스 길크리스트는 사실 노동자계급이 아니지만 집안일하는 것을 좋아해서 도와주고 있

다는 식으로 답한다. 그녀의 대답을 통해 전후 계급제 사회의 붕괴를 엿볼
수 있다.

33 2020년 『깨어진 거울』은 '어떠한' 관점에서 다시금 주목받았다. 이것만으
    로도 엄청난 스포일러지만, 그럼에도 불구하고 2020년 당시 이 작품을 하
    나의 예시로 언급하고 싶었던 마음만큼은 깊이 공감한다.

제3장

⚜

인간관계로 읽다

AGATHA
CHRISTIE

로맨스! 로맨스! 로맨스!

크리스티는 자서전에서 탐정소설에 연애 무드가 조성되는 것은 너무 지루하다고 털어놓았다. 그녀의 추리소설 대부분에 크고 작은 로맨스가 나온다는 점을 생각하면 놀랄만한 말이다.

이러한 고백은 크리스티가 『스타일스 저택의 괴사건』을 되돌아보며 말한 것이다. 아마도 탐정소설의 과학적 전개와 로맨스가 별로 어울리지는 않지만, 그래도 결말에는 로맨스가 나와줘야 인지상정이라는 모순적인 생각 때문에 고민하고 있었던 것 같다. 더구나 프로 작가가 되기 전이라 소설 장르의 정형화된 양식이나 관습에 더 예민하게 반응했던 것일지도 모른다.

다만 이는 어디까지나 추리와 로맨스 사이의 밸런스 조절에 대한 문제였다. 애초에 크리스티는 로맨스를 좋아하는 작가였다.[1] 가령 크리스티는 『스타일스 저택의 괴사건』의 플롯을 짜느라 고생한 보상으로 두 번째 작품은 아무 생각 없이 그저 즐겁게만 써내려갔다. 그렇게 탄생한 『비밀 결사』가 첩보물이면서도 제인 오스틴류의 로맨스 소설 구조인 점은 크리스티의 로맨스 사랑을 명백히 증명한다.

크리스티의 작품에 등장하는 로맨스는 크게 세 가지로 나뉜다.

첫째, 로맨스 소설과 비슷한 흐름에서 모든 진상이 해명되고, 동시에 사랑도 이루어지며 끝나는 경우다. 앞서 설명한 『비밀 결사』나 『갈색 양복의 사나이』가 여기에 해당된다. 두 작품 모두 활기찬 아가씨가 당차게 활약하는 모험 스릴러인데, 이는 평소에 크리스티가 즐겨 쓰는 스토리이기도 했다. 그밖에 사건이 해결된 후 커플이 탄생하는 이야기도 많다.

둘째, 사건의 동기나 발단이 연애 문제에서 비롯한 경우다. 주로 삼각관계가 나오는데, 가장 유명한 작품으로 『나일 강의 죽음』을 들 수 있다. 삼각관계에 대해서는 뒤에서 자세히 설명할 것이다. 이 경우에는 어쩐지 불안한 로맨스가 기세 좋게 이야기 전체를 이끌어 간다. 조금 다른 종류긴 하지만 『끝없는 밤』(1967)도 여기에 들어간다.

마지막으로 셋째, 등장인물의 연애가 사건을 복잡하게 만들거나 조사를 진전시키고, 때로는 하나의 속임수로 작용하는 경우다. 여기서는 보다 다채로운 이야기가 나타난다. 『애크로이드 살인 사건』에 등장하는 젊은 두 남녀의 사랑과 『구름 속의 죽음』에서 푸아로의 조수가 된 여성의 로맨스가 대표적이다. 『하나, 둘, 내 구두에 버클을 달아라』에 등장하는 두 커플, 『파도를 타고』에서 "정말 그 남자여도 괜찮아?"²라는 걱정스런 의문이 드는 여자 주인공의 선택도 그렇다. 전쟁 중에 전원 마을로 요양하러 온 부상병이 동네 아가씨를 사랑하게 되는 『움직이는 손가락』도 빼놓을 수 없다. 『골프장 살인 사건』에 이르러서는 (원래도 쉽게 누군가에게 반해버리는 편이었지만)헤이스팅스가 사랑에 빠지고, 덕분에 사태가 복잡해져서 결국……. 뒷이야기는 직접 읽고 확인하시길 바란다.

이상의 세 로맨스 유형에는 모두 한 가지 재미있는 점이 있다. 푸아로가 젊은 남녀를 이어주는 큐피드 역할을 자처한다는 점이다. 『3막의 비극』에서 "제 마음은 서로 사랑하고 있는 사람들을 꿰뚫어 보는 데에 예민합니다."라든지 "연애에 도움이 됐으면 됐지, 방해 같은 건 하지 않아요."라고 말하는 장면이 있다. 실연당한 여성을 위로해 주기도 하고, 머뭇거리는 젊은이의 등을 살짝 밀어주거나 어긋난 연인들의 오해를 풀어주기도 한다. 한 명의 어른이자 커플 메이커로서 손색없는 면모다.

이외에도 연애 문제가 사건의 본질임이 마지막에 가서야 드러나는 경우도 있지만, 치명적인 스포일러인 관계로 이 장에서는 소개할 수 없다. 아쉬운 마음에 하나만 예를 든다면 『복수의 여신』. 1960년대에 이런 연애를 묘사했다는 사실에 감탄할 것이다.

작품 속에 로맨스 요소를 적극적으로 활용한 점은 크리스티의 작품이 지금까지 꾸준히 읽히는 이유 중 하나로 빼놓을 수 없다. 사랑, 독점욕, 질투심이란 예나 지금이나 쉽게 공감할 수 있는 감정이기 때문이다. 한편 로맨스를 다루면서도 노골적인 성적 묘사가 없는[3] 점도 시대와 성별을 막론하고 편하게 읽을 수 있는 요인으로 작용한다.

로맨스에 빠져들 수 있는 책 3권

『왜 에번스를 부르지 않았지?』 (1934) [*박인용 역, 2016년 황금가지] ※별제 『부머랭 살인사건』

———

벼랑 아래에 떨어져 있는 남자를 발견한 보비. 남자는 황급히 달려온 보비에게 "왜 에번스를 부르지 않았지?"라는 말을 남기고 숨이 끊어졌다.

그 후 죽은 남자의 여동생이라는 인물이 나타나고 이 사건은 사고로 종결된다. 나중에서야 그 남자가 죽기 직전에 남긴 말이 떠오른 보비는 좋은 마음으로 그 남자의 여동생에게 편지를 써서 알려 준다. 그런데 어째서인지 편지를 보낸 이후부터 각종 살해 위협에 시달리게 된다. 보비의 소꿉친구인 백작 영애 프랭키는 이상함을 느끼고 그와 함께 사건을 조사하기 시작한다.

이 작품은 젊은 두 남녀의 좌충우돌 탐정 이야기다. 유머러스하고 경쾌하며 파란만장하다. 수수께끼 추리, 액션, 감금과 탈출, 사랑 쟁탈전, 다잉 메시지(dying message), 밀실 사건 등 여러 가지 요소들과 감동적인 결말까지! 한마디로 한없이 재미있는 미스터리다. 마약 중독자 신사, 수상한 정신과 의사, 그에게 짓

눌려 사는 미녀 등 왕년의 괴기 스릴러를 연상케 하는 인물 구성인데도 이렇게나 재미있을 수 있음에 놀라고 만다.

다만 '이 작품은 토미&터펜스 시리즈로 내는 편이 더 좋지 않았겠냐'는 지적도 있다. 확실히 주인공 두 사람의 캐릭터는 토미와 터펜스를 연상시킨다. 저택에 뛰어들기 위해 차로 돌진하다니, 그야말로 터펜스나 할 법한 행동이 아닌가!

하지만 『왜 에번스를 부르지 않았지?』는 토미&터펜스 콤비로는 절대 풀어낼 수 없는 이야기다. 이 작품에서 크리스티가 보여주고자 한 것은 1930년대 전간기 청년들과 계급 차이를 뛰어넘는 로맨스였기 때문이다. 제1차 세계대전을 몸소 겪고, 서로 동등한 계급끼리 결혼하여 착실히 나이를 먹어 가는 토미&터펜스 콤비는 세대나 계급 측면에서 이 작품과 살짝 빗겨 있다.

1930년대의 청년들은 '제1차 세계대전에 불참한 세대'로서 참전 경험이 없다는 사실이 약점이었다고 한다. 상류층 청년들은 지루함에 몸부림치며 파티나 자유분방한 유희에 빠져 있었다. 당시의 향락적·퇴폐적인 청년들은 'Bright Young Things(활기찬 젊은이들)'라고 불렸고, 작가 에벌린 워(Evelyn Waugh)[4]가 소설로 다룬 적도 있다.

『왜 에번스를 부르지 않았지?』의 여자 주인공 프랭키는 전형적인 Bright Young Things로 묘사된다. 한편 보비는 중산층 목사의 넷째 아들로 나온다. 당시 세계공황의 여파로 보비도 직업없이 본가에 얹혀 살면서 친구와 대책없는 장사를 시작하려고 한다. 전쟁을 극복한 아버지 입장에서는 분명히 궁지에 몰려 있는데도 위기감 하나 없이 진로를 정하지 않는 아들이 영 마뜩찮다. 아무리 대화해도 이들 부자는 서로를 이해하지 못한다. 결국 보비는 이래저래 다 전쟁 때문이라고, 전쟁이 모든 것을 무너뜨렸다고 생각하게 된다.

즉 이 작품은 따분한 영애와 글러 먹은 니트족의 모험 이야기라고 할 수 있다. 이렇게 쓰고 보니 무슨 라이트 노벨인가 싶다. 『사진 속 미녀를 찾고 보니 다른 사람이었습니다』 같은 제목에 귀여운 일러스트 표지로 출간된다면 어떨까? 다시 본론으로 돌아와서, 이 모험은 그들에게 계급 차이를 뛰어넘는 로맨스를 가져다 준 일등공신이다.

귀족인 프랭키와 중산층인 보비 사이의 벽은 이야기 곳곳에 등장한다. 어릴 적부터 프랭키의 집에 보비가 초대되는 경우는 있어도 그 반대는 없었다. 보비가 프랭키에게 어떤 말을 전해달라고 간호사에게 부탁하자, 간호사는 그에게 신분 차이를 생각하라며 가벼운 핀잔을 준다. 반면 프랭키는 차를 탄 채로 저택에 돌진해 들어가도 귀족이라는 이유로 극진히 대접받는다. 이러한 계급 의식이 사실은 미스터리의……. 여기까지만 말해 두겠다.

프랭키와 보비의 신분 차이를 이해하기 쉽게 비유하자면 지체 높은 명문가 규수와 근방 사찰에 소속된 젊은 승려 정도라고 할 수 있다. 이처럼 어마어마한 격차를 뛰어넘어 결국 두 사람은 연인으로 맺어지게 된다. 프랭키와 보비 같은 로맨스, 과연 현실에 있을까?

『빛나는 청산가리』 (1945) [*허형은 역, 2022년 황금가지]

만나는 남자마다 단숨에 사로잡는 마성의 매력을 가진 로즈메리는 레스토랑에서 열린 생일 파티에서 청산가리가 든 샴페인을 마시고 죽는다. 일단은 자살로 처리되었지만 로즈메리의 막대한 유산을 물려받게 된 여동생 아이리스, 로즈메리를 독점하고 싶어 하던 사람, 로즈메리에게 약점을 잡힌 사람, 로즈메리를 미워하고 있던 사람 등 주변 정황상 그녀의 죽음에는 석연치 않은 점이 많았다.

그로부터 1년이 지나고 로즈메리의 남편 조지는 그녀가 죽었을 당시와 똑같은 구성원을, 똑같은 장소에 모아 놓고 아이리스의 생일 파티를 진행한다. 사실 조지는 모종의 계획을 가지고 이 파티를 연 것이다. 이윽고 두 번째 비극이 일어나고야 만다.

《에르퀼 푸아로 시리즈》의 단편소설 「노란 아이리스」(『크리스마스 푸딩의 모험』 수록)를 장편으로 재구성한 작품이다. 단편에는 푸아로가 나오지만 장편소설로 바뀌면서 푸아로 대신 레이스 대령[5]이 등장한다. 이야기 전개나 사건의 진상 면에서도 차이점이 있으니[6] 두 작품을 비교하며 읽어보기를 권한다.

가장 큰 차이점은 로즈메리의 죽음과 그 이후 생활을 통해 주요 인물들의 심리를 보여주는 것이다. 단편 「노란 아이리스」는 살인 방법과 범인을 찾는 데에 특화되어 있다면, 장편 『빛나는 청산가리』는 여성들의 사랑과 자존심을 조명하는 심리 드라마다.

로즈메리 부부의 친구 알렉산드라는 남편이 바람을 피우고 있다는 사실을 알고도 가만히 인내한다. 결코 흐트러진 태도를 보이지 않고, 힘들어서 바싹 여위어도 자존심만은 내려놓지 않는 꼿꼿한 사람이다. 조지의 비서 루스는 무슨 일이든 맡길 수 있다는 절대적인 신뢰를 받는 인물이다. 어떤 사람을 계속 짝사랑하고 있지만, 그 마음을 억누르고 일에 집중하는 이성과 자신감의 소유자이다. 로즈메리의 여동생 아이리스는 언제나 화려한 삶을 누린 언니와 달리 자신은 별 볼일 없는 인간이라 생각한다. 하지만 주어진 환경에 순응하기만 했던 그녀도 언니가 죽고 자신의 사랑을 자각하면서 점차 각성하고 변한다.

사랑과 질투, 우월감과 열등감, 동요하는 자존심. 이런 심리적 갈등이 이야기에 깊이를 더한다. 멜로드라마이기는 하지만 그 기저에 흐르는 것은 시대를 초월한 인간의 심리다.

작중 로즈메리는 살인 사건의 피해자이자 이 세 여성의 내면을 밝혀내는 촉매다. 물론 남성들에게도 각각 동기가 있다. 온화하게 감싸안는 사랑, 포로처럼 농락당하는 사랑, 이해타산적인 사랑. 이 이야기의 전반부는 주요 인물들의 사랑이 어떤 형태인지 보여주면서 용의자를 소개하는 부분이라고 할 수 있다.

전반부까지는 농밀한 인간 드라마를 보여주다가 후반부에서 어떻게 얽히게 되는지가 미스터리의 중요 포인트다. 본격적인 사건은 후반부부터 다루어진다. 다시 말해 전반부는 (1년 전 사건이 있다고 해도)멜로 드라마가 펼쳐지는 기나긴 도입에 불과하다. 하지만 그 안에 중요한 정보는 모두 들어 있다. 물론 크리스티가 사건의 힌트를 직접적으로 제시했을 리 만무하다. 이리저리 복잡하게 꼬아둔 힌트들을 기대해도 좋을 것이다.

트릭만 놓고 본다면 단편소설의 범인 그대로였어도 괜찮았을 것이다. 그러나 전반부에서 촘촘하게 묘사한 심리 드라마 덕분에 장편소설 속 범인의 살인 동기가 유달리 가슴에 와닿는다. 과연 무엇이 그를 범행으로 내몰았던 것일까? 범인이 느낀 심정을 상상하며 읽어보길 바란다.

『할로 저택의 비극』 (1946) [*원은주 역, 2023년 황금가지]

―――

헨리 앵커텔 경과 그의 부인 루시가 사는 할로 저택으로 새로운 사람들이 모여든다. 그러나 어딘가 불온한 분위기가 감돈다. 부인 게르다와 함께 방문한 의사 존 크리스토는 조각가 헨리에타와 한창 불륜 중이고, 헨리에타에게 프로포즈했지만 번번이 거절당한 에드워드도 자리했다. 게다가 루시의 사촌 여동생 미지는 에드워드를 사랑하고 있었다.

근처 별장에 살던 여성 배우 베르니카까지 성냥을 빌려달라며 찾아온다. 사실 베르니카는 존의 옛 연인이었다. 베로니카는 성냥을 빌린다는 핑계로 존에게 다시 만나보자며 다가온다.

다음 날, 손님으로 초대된 푸아로가 저택에 도착한다. 그러나 그가 본 것은 풀장 가장자리에 총을 들고 서 있는 게르다와 총에 맞아 죽은 존의 모습이었다…….

잠깐 관계도를 정리해서 각 인물마다 사랑의 화살표가 어디를 향하는지 확인하고 싶어진다. 루시는 무슨 생각으로 이 사람들을 한자리에 모으려고 한 걸까? 여기저기 불꽃이 튈 만한 조합뿐인데! 물론 이렇게까지 되리라고는 생각하지 못했을 것이다.

이 어지러운 연애 관계도에 온 신경이 쏠리지만, 사실 이 작품에는 미스터리로도 제법 큰 기교가 사용되었다. 크리스티의 대표 작품 중 하나로 꼽히는 만큼, 대규모의 속임수가 깔려 있다. 속임수를 알고 나서 다시 읽으면 수많은 대사와 행동 속에 전혀 다른 의미가 숨겨져 있었음을 깨닫고 벙찌게 될 것이다.

여담 『할로 저택의 비극』의 서두에는 "래리(Larry)와 다나에(Danae)에게 바친다"고 쓰여 있다. 이것은 크리스티의 희곡 『블랙 커피』와 『엔드하우스의 비극』에서 푸아로를 연기한 배우 프랜시스 설리번(Francis L. Sullivan)과 그의 부인을 가리킨다. 설리번 부부가 지내던 풀장이 달린 저택이 이 이야기의 모델이 되었다. 전쟁 중 크리스티는 자주 설리번 부부의 저택에 방문하여 기분 전환을 했다고 한다. 그랬던 곳을 살인 현장으로 하다니······.

『할로 저택의 비극』은 1985년 일본 난키시라하마(南紀白浜)를 배경으로 번안 영화로 만들어졌다. 제목은 「위험한 여자들」 푸아로에 해당하는 탐정 역할은 이시자카 고지(石坂浩二)가 연기한 추리 작가로 대체되었다. 원작에서는 모든 등장인물이 사격 연습을 했기 때문에 초연 반응 검사도 소용없다는 설정이 있는데, 사격을 금지하는 일본에서 이 대목을 완벽히 각색하여 또 다른 재미를 주었다.

이러한 중의적 의미를 군이 명확하게 설명하지 않고, 독자들에게 "혹시 그게 이런 거였나?"라는 상상의 여지를 남기는 서술 방식도 특징적이다. 어떤 등장인물이 왜 이러한 행동을 한 것인지, 어떤 대사에 또 다른 숨은 의미가 있는지 등을 생각하면서 읽으면 아주 재미있다. 독서 모임에서 다 같이 감상을 이야기하기에도 좋을 것이다. 이 작품은 사건의 추리를 위한 단서는 공정하게 제시하지만, 작중 인물의 내면 심리 추리는 온전히 독자들의 몫으로 남겨 둔다. 다른 대표작보다 트릭에 대한 주목도가 덜한 이유도 바로 이 때문이다. 이 이야기는 살인의 트릭보다는 인간 드라마라는 인상이 더 강하다.

왜 등장인물들의 내면 심리를 분명히 설명하지 않고 다양한 해석의 여지를 열어두었을까? 어쩌면 인간의 마음에 단 하나의 정답이란 존재하지 않기 때문이 아니었을까?

이 작품을 다 읽은 후, 각 등장인물들의 연애를 다시금 돌이켜보길 바란다. 누군가를 100% 순수한 마음으로 사랑하는 사람은 아무도 없다. 자신의 이상을 투영하여 그 우상을 사랑하는 사람, 연인보다도 자기 일이나 다른 이를 더 중요시하는 사람, 과거 행복했던 나날을 구실로 상대방에게 집착하는 사람뿐이다. 그러면 이들의 사랑은 전부 가짜인가? 그것도 아니다. 각자 진심으로 상대방을 사랑하고 있다는 것도 사실이다.

모든 인물이 자아와 사랑 사이에서 흔들린다. 이대로는 안 된다고 생각하면서도 휩쓸려버리는 공허한(hollow) 사람들. 『빛나는 청산가리』가 사랑과 자존심의 이야기였다면, 『할로 저택의 비극』은 사랑과 자아의 이야기'라고 정리할 수 있다.

이 작품이 컨트리하우스 살인이라는 점도 잠깐 설명할 필요가 있다. 제2차 세계대전이 발발할 무렵 컨트리하우스 문화는 거의 사라졌지만, 할로 저택에는 성실한 집사와 덜렁이 메이드가 등장한다. 당시 시대를 고려하면 상류층은 『파도를 타고』나 『비뚤어진 집』(1949) 같은 상황이었겠으나, 이 작품에서는 비현실적일 만큼 그리운 옛 모습 그대로이다. 이는 일종의 메이헴 파바였다. 전쟁 중에 집필하였기에 오히려 실제 현실과 동떨어진, 그 옛날의 그리운 컨트리하우스를 소설에서나마 되살려낸 것이다.

삼각관계 사용법

크리스티가 자주 활용하는 로맨스 요소 중에서도 유독 눈에 띄는 것이 바로 삼각관계다. 삼각관계는 크리스티가 좋아하는 모티프로 다양한 작품에 등장한다.

절친한 친구에게 연인을 빼앗긴 여성이 그들의 신혼여행지인 이집트까지 따라가는 『나일 강의 죽음』이 대표적이다. 이 작품에서는 주인공 말고도 다른 삼각관계가 동시에 진행된다. 또한 현 부인에게 냉담하고 헤어진 전 부인에게 다정한 한 남자를 둘러싸고 긴장감이 고조되는 『0시를 향하여』, 바람 피운 남편을 죽였다는 누명을 쓰고 체포되어 종신형 판결을 받은 여성의 억울함을 벗겨주는 『다섯 마리 아기 돼지』, 두 부부의 복잡한 관계가 묘사되는 『카리브 해의 미스터리』도 들 수 있다. 후기 작품 중에는 처음에는 드러나지 않았지만 알고 보니 삼각관계로 밝혀지는 작품도 많다.

1930년대 중반부터 크리스티는 의심이나 질투, 집착, 자존심 등 얽히고 설킨 인간 심리를 그려내기 위해 삼각관계를 활용하기 시작했다. 이는 삼각관계를 단지 로맨스를 고조시키기 위한 장치로 사용하는 것과 확연히 달랐다.[8]

그전까지 크리스티에 대한 평가는 대체로 미스터리의 속임수에 집중되어 있었다. 초기 대표작인 『애크로이드 살인 사건』과 『오리엔트 특급 살인』의 참신한 아이디어, 생각지도 못한 트릭, 독자를 속이는 서술 테크닉은 크리스티를 유명하게 만든 주요 요소였다.

물론 두 작품에서 돋보이는 것인 트릭 만은 아니다. 『오리엔트 특급 살인』에는 '정의란 무엇인가?'라는 주제 의식이 흐르고 있었고, 앞서 설명한 것처럼 개성적인 탐정, 대영제국의 묘사, 이국적인 정서 등도 크리스티 작품의 매력이었다. 그러나 인간의 심리와 감정 묘사 측면에서 탁월하다는 평가를 받게 된 것은 1930년대 중반 이후 삼각관계를 직접적으로 드러낸 다음부터였다. 그중에서도 곧이어 소개할 『슬픈 사이프러스』는 여자 주인공의 심경 묘사로 극찬을 받았다. (그녀의 필력은 메리 웨스트매컷 필명으로 발표한 걸작『봄에 나는 없었다』(1944)로 결실을 맺었다.)

크리스티의 변화에는 역시 맬로언과의 재혼이 큰 역할을 했을 것이다. 1934년 필명으로 간행된『두 번째 봄』을 주목해야 한다. 이는 자신의 과거를 등장인물에 대입한 반자전적 소설이다. 크리스티 자신이 삼각관계의 한 꼭짓점이 되어야 했던, 불행한 이전의 결혼 생활도 이 작품에 담았다.

자신의 과거를 되돌아보고 소설로 승화시키는 과정에서 크리스티는 완전히 과거의 상처를 정리할 수 있었다. 이 시기에 쓰인『파커 파인 사건집』이 그녀의 심적 변화를 시사한다. 그리고 이『파커 파인 사건집』이후로 크리스티의 작품에는 삼각관계를 중심으로 한 연애 드라마 성격이 짙어졌다.

이러한 변화는 여러 방면에서 긍정적으로 작용했다.

빼앗는 쪽이든 빼앗기는 쪽이든 질투, 우월감과 패배감이 공존한다. 연인이 있는 사람을 사랑하는 공허함, 애정이 식은 상대방에게 매달리는 비참함이 크리스티를 내내 괴롭혔으리라. 하지만 이제는 예전 같은 자학도, 자기정당화도, 오기도 없었다. 과거를 정리하고 요동치던 감정을 자제할 수 있게 되면서 본래의 스토리텔링 실력이 온전히 발휘된 것으로 볼 수 있다.

삼각관계가 도입되면서 전반부에는 심리 드라마를 충분히 묘사하고, 중반 이후에 사건이 발생하는 이야기 구조가 확립되었다. 사건이 초반에 일어나면 이야기의 중심은 사건 해결이 되지만, 사건이 일어나기까지의 경위를 먼저 보여주면 사건으로 치닫는 등장인물들의 관계를 보다 차분하게 그려낼 수 있다. 이를 통해 크리스티의 작품은 단번에 더 드라마틱함을 얻었다.

또 삼각관계 덕분에 미스터리의 폭도 한층 넓어졌다.

연애 드라마에서 삼각관계는 흔해 빠진 클리셰이다. 다시 말해 독자들의 머릿속에 삼각관계에 대한 고정관념이 견고하다는 의미다. 크리스티는 점차 그 고정관념을 반대로 이용하는 속임수를 선보이기 시작했다. 삼각관계로 얽힌 세 사람 중에서 피해자는 누가 될까? 가해자는 누구일까? 범행 동기와 계기는? 애초에 그 삼각관계는 정말 우리가 본 그대로 이해해도 되는 걸까? 삼각관계를 구성하는 각 인물들의 환경과 속사정, 관계성 등에 의해 변주의 폭은 무한히 넓어진다.

삼각관계의 병주를 알 수 있는 책 2권

『슬픈 사이프러스』(1940) [*이은선 역, 2023년 황금가지] ※별제『삼나무관』

엘리너에게 '병으로 앓아누운 부자 숙모가 젊은 여인에게 속고 있다'는 익명의 편지가 도착한다. 숙모의 재산에 눈독을 들이고 있는 젊은 여인이라면 메리가 분명하다. 마침 숙모의 병환이 악화되어 엘리너는 연인 로디와 함께 숙모의 저택을 방문하고, 그곳에서 로디는 천진난만한 미인 메리에게 한눈에 반해버린다.

로디는 결혼을 망설이고, 이를 눈치챈 엘리너는 마음속 깊이 불타오르는 질투를 간신히 억누른다. 바로 그때 메리가 모르핀 중독으로 사망한다. 살해 동기가 있었던 엘리너가 체포되고, 그녀와 잘 아는 의사 피터 로드의 의뢰로 푸아로가 진상 조사에 나선다.

줄거리는 대략 이러한데 사실 메리의 죽음은 제1부의 마지막, 전체 분량의 4분의 1이 지나서야 나온다. 스포일러성 발언은 아니니 안심하시길. 프롤로그에 엘리너가 메리를 살해하였다는 죄목으로 재판에 회부되는 장면이 나온다. 즉 제1부는 사건에 이르기까지의 드라마를 서술하는 파트라고 할 수 있다.

『슬픈 사이프러스』는 무엇보다도 주인공 엘리너의 심정 묘사가 매우 뛰어나다. 이 작품은 유독 팬이 많은 편인데, 그 이유는 오로지 엘리너라는 인물의 흔들리는 마음, 스스로도 주체할 수 없는 부정적인 감정, 그리고 그 감정에서 깨어나기까지의 내면 묘사 때문이다. 한마디로 말해서 이 작품은 질투에 사로잡혀 흑화한 여성이 주인공인 로맨스 소설이다.

자존심이 센 엘리너는 질투심을 내비치지 못하고 겉으로는 이해심 많은 척한다. 로디나 주변 사람들이 기대하는 엘리너를 연기하는 것이다. 하지만 어둡고 부정적인 마음을 잠재우지는 못한다. 메리만 없으면 좋을텐데 싶다가 이내 차라리 메리가 죽어버렸으면 좋겠다는 바람으로 바뀌고 만다. 그런 음침한 생각까지 하게 된 자신에게 놀라고 두려움을 느끼며 더 나아가 스스로를 용서할 수 없게 된다. 이상적인 나와 실제 나 사이의 괴리가 심해지다가 결국 그녀는…….

이와 같은 일련의 감정 변화가 아주 사실적이고 애절하게 나타난다. 크리스티가 공들여 쓴 엘리너의 심정 묘사야말로 『슬픈 사이프러스』의 특징이며 이 작품을 사랑하는 독자들이 많은 이유다. 솔직히 진범의 행동에 허점도 있기는 하지만 그 정도는 아무렴 어떻냐는 마음마저 들게 된다. "엘리너, 정말 수고했어."라고 말하며 어깨를 토닥여주고 싶을 뿐이다.

훗날 크리스티는 '이 작품은 푸아로 시리즈로 풀어낼 이야기가 아니었다'고 고백했다. 출판사의 요구로 푸아로를 등장시키기는 했지만 작중 그의 존재감은 거의 없다. 이 작품은 범행의 속임수를 추리하며 읽기보다 등장인물의 심정에 집중해야 하는 작품이기 때문이다. 이러한 점에서는 오히려 필명으로 쓴 작품들과 더 비슷하다.

그럼에도 불구하고 미스터리로서의 완성도까지 높다는 점은 기막힐 따름이다. '질투에 사로잡혀 흑화한 여성이 주인공인 로맨스 소설'이라는 특징조차 트릭으로 쓰다니, 정말 대단하다! 이 책에는 중요한 단서가 되는 장면과 우연히 진상을 시사하는 듯한 장면이 곳곳에 포진해 있다. 아주 공정하게, 독자에게 분명한 단서를 던져주는 것이다. 그러나 크리스티는 독자의 시선을 엘리너가 질투하는 대상에게 돌리고, 여러 기술을 활용하여 그 장면들이 중요한 실마리라는 사실을 눈치채지 못하게 한다.

주인공의 심정 묘사가 이야기의 핵심인 동시에 트릭으로도 쓰인다. 이 작품은 크리스티의 일대 전환점이자 기념비적인 이정표라고 할 수 있다.

현재 판매 중인 크리스티 문고판에서는 책 서두의 인용구가 삭제되어 왜 이 작품의 제목이 『슬픈 사이프러스』인지 알 수 없

는데, 이는 셰익스피어의 『십이야』에서 유래한 제목이다. 영국에서 삼나무(Cypress)는 관을 만들 때 사용되는 수목이라서 그 자체로 관을 상징한다. 일본에서 '히노키(ひのき)'라고 하면 목욕탕의 나무 욕조가 연상되는 것과 같은 원리다.

여담   도로시 L. 세이어스의 『맹독』*도로시 L. 세이어즈 저, 박현주 역, 2011년 시공사을 『슬픈 사이프러스』와 비교하며 읽어보기를 권한다. 두 작품 간에는 유사한 부분이 상당수 존재한다. 재판 장면에서 시작하며 여자 주인공이 연인을 독살한 죄목으로 유죄 판결을 받는 점, 처음에는 식중독인 줄 알았다가 여자 주인공과 함께 마신 커피에 비소가 들어 있었음이 밝혀져 독살이라고 판명된 점, 진상을 추리할 때 독에 관한 지식이 필요한 점, 여자 주인공의 억울한 누명을 벗겨주기 위하여 탐정이 동분서주하는 점, 전반적으로 로맨스 분위기를 띠는 점 등이 공통적이다. 『맹독』에서 여자 주인공을 구하고자 나선 주인공의 이름이 『슬픈 사이프러스』 속 의사와 동명인 피터였던 점도 그렇다. 『맹독』은 『슬픈 사이프러스』보다 이른 1930년에 집필되었다. 동시대 인물이고 영국의 대표적인 여성 추리 작가로서 항상 함께 거론되었던 세이어즈의 작품을 크리스티가 읽지 않았을 리 없었다. 비슷한 소재로 다른 이야기를 냄으로써 두 작가가 서로 응원을 주고받았다고도 느껴지는데 여러분의 생각은 어떠신지?

『백주의 악마』(1941) [*김윤정 역, 2015년 황금가지]

———

스머글러스섬의 한 호텔에서 느긋하게 피서를 즐기는 푸아로. 평온하기만 하던 휴양지는 전 여배우 알레나 마셜이 등장하면서 요동치기 시작한다. 알레나는 호텔 숙박객인 패트릭 레드펀을 유혹하기 시작한다. 낯선 여성의 유혹을 은근히 받아주는 듯한 패트릭을 보고 그의 부인 크리스틴은 고뇌한다. 알레나도 남편 케네스, 딸 린다와 함께 와 있었지만, 부인의 행동을 보고도 케네스는 태연하기만 하다.

레드펀 부부와 마셜 부부, 두 커플이 두 개의 삼각관계를 이루고, 결국 알레나가 시체로 발견된다. 당연히 크리스틴이 용의선상에 오르지만 알레나의 유산을 상속받게 될 케네스와 새엄마를 싫어하던 린다도 수상하기는 마찬가지다. 하지만 이들에게는 철벽같은 알리바이가 있다.

이 작품에는 크리스티의 주특기가 아낌없이 발휘되었다. 예를 들어 이 작품의 영어 원제인 'Evil under the Sun'은 마더구스(mother goose)의 한 구절에서 따온 것이다. 태양 아래의 악, 즉 이 세상 어디에나 악은 존재한다는 의미다. 달리 말하면 '신께서 보고 계신다'는 뜻. 물론 여기서 모든 악을 꿰뚫어 보는 '신'은 푸아로를 가리킨다.

또 다른 주특기인 '여정'도 사용했다. 이 작품의 주무대인 스머글러스섬은 데번주의 벌섬[9]을 모델로 했다. 이 섬에 실제로 있는 호텔이 그대로 사건에 활용되었고 팬들의 성지순례도 가능하다. 벌섬의 뒤편에 있는 낭떠러지 절벽과 동굴은 『그리고 아무도 없었다』(1939)의 모델이기도 하다.

모든 등장인물이 용의선상에 있는 것도 크리스티가 좋아하는 설정이다. 호텔이라는 한정된 장소에 모인 등장인물 전원에게 범행 동기와 실행 기회가 있다. 유력한 용의자라고 해서 무조건 진범으로 단정할 수 없다는 것은 다들 아시리라. 호텔 숙박객이라는 특성상 등장인물 각자에게 뚜렷한 개성이 부여되니 이야기를 풀어나가기에도 좋다.

명백한 복선과 중의적 의미 부여도 빼놓을 수 없다. 이 작품 역시 '이렇게 분명한 힌트를 줬다니, 처음에는 몰랐는데 이게 이런 의미였구나!'라고 놀랄 만한 내용으로 알차게 채워져 있다.

하지만 이 작품에 활용된 크리스티의 주특기 중에 단연 빛나는 것은 삼각관계의 묘사이다. 부부나 연인 사이에 다른 여자가 비집고 들어오는 전개는 크리스티가 그리는 삼각관계의 전형적인 패턴이다.

독자들의 머릿속에는 무의식적인 전제가 깔려 있다. 누군가

부부나 커플 사이에 끼어들어 그들의 사이를 망쳐버렸다면, 처벌받아야 할 사람은 바로 그 끼어든 누군가여야 한다는 것이다. 부부와 연인 간의 사랑은 영원히 변치 않을 것이라는 이상에서 비롯된 생각이다. 그래서 독자들은 부부나 연인을 위협하는 삼각관계, 그들의 사이를 비집고 들어온 누군가를 자연스럽게 경계하게 된다. 연인을 빼앗긴 쪽에게 연민을 느끼기도 한다.

하지만 크리스티는 독자들의 이런 선입견을 예상 밖의 방식으로 이용한다. 독자들도 당연히 작중에 표현된 관계 그대로일 리가 없다고 긴장을 놓지 않지만 결국 속고 만다. 영어 원제의 Evil(악 혹은 악마)이란 과연 무엇을 가리키는 것일까? 다들 푸아로의 추리에 놀랄 준비가 되셨는지?

여담　이 책의 소품 중에는 "두꺼운 종이로 만들어진 중국풍의 갓"이 있다. 1982년 공개된 피터 유스티노프 주연의 영화(일본어판 제목 「지중해 살인 사건」)와 2002년 방송된 수세이 주연의 드라마에서는 이 소품의 모양이 서로 달라서 비교하는 재미가 있다. 유스티노프판 영화에서는 김삿갓이 쓸 법한 가로로 넓게 퍼진 모양의 갓으로 나온다. 반면 수세이판 드라마에서는 아와오도리(阿波踊り)의 무용수들이 쓰는, 원형을 반으로 접어서 세로 방향으로 눌러쓴 듯한 갓이 등장한다. 한편 영화의 부제가 「지중해 살인 사건」인 것은 무대가 된 섬이 아드리아 해로 변경되었기 때문이다. 이로 인해 유스티노프판은 전체적으로 휴양지 느낌이 강하다. (아와오도리는 일본 도쿠시마현에서 8월 중순에 열리는 축제다. 축제 때에는 전통 갓을 쓴 남녀가 줄지어 걸어 다니면서 노래에 맞춰 춤을 춘다.-역자 주)

참고로 이 책의 원형은 단편소설 「로도스 섬의 삼각형」(『뮤스의 살인』 수록)이다. 배경, 인물 배치, 전개 모두 거의 동일하지만 진상과 범인은 다르다. 또한 「로도스 섬의 삼각형」 외에 다른 작품을 바탕에 둔 트릭도 존재한다. 이를 발견하는 재미도 쏠쏠할 것이다.

다양한 가족의 형태

크리스티의 작품에서 연애 못지 않게 자주 활용되는 소재는 가족, 그것도 일그러진 형태의 가족이다.

그중에서도 어떤 집의 가주가 살해되어 그 가족이 용의자가 되는 작품들이 돋보인다. 가주의 죽음을 계기로 가족 간의 알력다툼이 표면화되는 경우도 많다. 대체로 유산의 행방, 억압으로부터의 해방, 뒤얽힌 가족애라는 세 가지 테마로 나눌 수 있다. 세 가지가 모두 섞여 있거나, 이 중 하나인 줄만 알았는데 사실은 다른 동기가 밝혀지는 등 다양한 변주도 선보인다.

이번에 소개할 세 작품 외에도 대부호의 죽음으로 그 유산을 물려받은 후처에게 미움이 쏠리는『파도를 타고』, 병사가 확실한데 갑자기 가주가 살해된 것이라는 의견이 제기되면서 살인 사건이 된『장례식을 마치고』, 가정부에게 남긴 유산 때문에 유족들 사이의 의심이 커져가는『벙어리 목격자』(1937), 가족들 위에 폭군처럼 군림하던 어머니가 살해당하는『죽음과의 약속』(1938) 등도 일그러진 가족을 다루고 있다.

물론 그 시작은 저택 여주인이 살해되자 젊은 재혼남에게 의혹이 집중되는 데뷔작『스타일스 저택의 괴사건』이었다.『애크로이드 살인 사건』도 고압적인 가주가 살해당하고 그 가족들이 용의자로 지목된다.

이 중 다수 작품의 무대가 컨트리하우스[10]인 점에도 주목할 필요가 있다. 컨트리하우스가 배경이 되면서 살인 사건 피해자에게 엄청난 부자, 신경질적인 성격, 유산 문제나 가족에 대한 억압 등 유족이 용의자로 의심받을 만한 설정을 자연스럽게 부여할 수 있었다. 더구나 옛 시대의 계급제도에 기반한 가족, 친족, 하인들 사이의 서열도 이야기에 재미를 더한다.

컨트리하우스를 무대로 했다고 마냥 옛날처럼 느껴지지는 않는다. 부자가 되고 싶고, 자유롭게 살고 싶고, 사랑하는 사람에게 사랑받고 싶은 마음은 시대를 타지 않는 법이기 때문이다. 가족을 테마로 한 작품의 이야기도 지금과 놀랄 만큼 똑같다.

부부 간 불화, 순탄치 않은 육아, 부모에 대한 반발과 저항, 형제 간의 격차, 여성의 불리한 위치 등은 지금도 쉽게 찾아볼 수 있다. 가족에게 등을 돌리고 나만의 길을 가는 사람이 있는가 하면, 가족에게 매달려 사는 수밖에 없는 사람도 있다. 고풍스러운 설정이지만 등장인물들의 묘사는 현대 사회의 모습과 전혀 다르지 않다.

부모와 자식의 관계를 주축으로 하는 이야기도 많다. 피로 이어지지 않은 부모 자식을 다룬 작품으로는 『마술 살인』과 『깨어진 거울』이 있다. 뒤에서 소개할 『누명』(1958)도 양자(養子)에 대한 이야기다. 『맥긴티 부인의 죽음』에서는 부모 자식 간의 복잡한 관계가 미스터리를 푸는 열쇠가 된다. 『버트럼 호텔에서』에는 딸과의 관계가 소원한 어머니, 어머니에게 불만을 품은 딸이 등장한다. 약간 변화구이긴 하지만 요양원의 한 노파가 갑자기 사라지면서 사건이 시작되는 《토미&터펜스 시리즈》의 『엄지손가락의 아픔』도 부모 자식 간의 이야기를 바탕에 두고 있다. 어머니와 자식의 관계는 웨스트매컷 필명으로 쓴 『딸은 딸이다』(1952), 『사랑을 배운다』(1956)에서도 주요한 요소를 담당한다. 모성은 후반기의 크리스티가 추구하였던 테마였다고도 할 수 있다.

참고로, 크리스티의 작품에서는 어린아이에게도 자비를 베풀지 않는다. 아이는 순진무구한 천사 같은 존재가 아니다. 때로는 어른 뺨치게 못된 꾀를 발휘하거나, 미숙한 생각에서 비롯된 행동이 예상치 못한 비극을 불러오기도 한다. 반대로 아무것도 몰라서 나온 순진한 한마디가 지뢰가 되는 경우도 있다. 성격 나쁜 아이가 등장해도 딱히 스포일러가 되지 않는 작품으로는 『핼러윈 파티』(1969)[11]를 들 수 있다. 아이들 특유의 과장 섞인 거짓말을 코웃음치고 듣다가는 완전히 골탕먹게 될 것이다.

가족 드라마를 맛볼 수 있는 책 3권

『푸아로의 크리스마스』 (1938) [*김남주 역, 2022년 황금가지]

———

대부호 시메온 리와 그의 장남 부부가 사는 고스턴 홀 저택. 크리스마스[12]를 맞이하여 다른 지역에 사는 아들들이 속속 저택으로 돌아온다. 스페인에서는 손녀딸이, 남아프리카에서는 시메온과 절친한 친구의 아들이라는 청년까지 와서 한자리에 모인다.

하지만 저택의 공기는 무겁기만 하다. 시메온의 아들들은 모두 아버지를 싫어하고 있었다. 돈을 자유롭게 쓸 수 없다는 둥, 성격이 난폭하다는 둥, 돌아가신 어머니께 못되게 굴었던 아버지가 원망스럽다는 둥, 제각기 이유는 달랐지만 그 미움은 날로 커져갈 뿐이었다.

마침내 참극이 일어나고 만다. 시메온의 방에서 가구가 쓰러지는 큰 소음과 비명이 들린다. 가족들이 황급히 달려 갔지만 문은 잠겨 있다. 겨우 방 안에 들어가니 그곳에는 난장판으로 어질러진 가구들과 피바다에 쓰러져 있는 시메온의 시체[13]가…….

이 작품에서 우선 주목할 점은 크리스티의 작품에서 매우 드문 밀실 살인 사건이라는 것이다. 원래 밀실은 미스터리의 단골 소재지만, 크리스티는 등장인물(과 독자)의 고정관념을 이용한 심리 트릭에 능한 만큼 물리적인 트릭을 잘 사용하지 않는 편이다. 밀실 같은 소재가 나온다한들 그것은 부차적 요소에 지나지 않는다. 밀실 소재를 직접적으로 다룬 것은 이 작품과 『살인은 쉽다』 정도이다.

헌사(獻辭)에도 밝힌 것처럼, 이 작품은 유혈이 낭자한, 아주 폭력적인 살인 사건을 읽고 싶다는 형부의 부탁에 따라 집필되었다. 목이 베인 노인이 피바다에 잠겨 있는 광경은 확실히 형부가 바라던 바를 그대로 재현했다. 하지만 이 밀실 살인은 트릭이 상당히 요란스럽다. 범인이 직접 이 트릭을 준비하는 모습을 상상하면 조금 우습기도 하다. 부탁을 받았으니 평소에 쓰지 않던 글을 특별히 한 번 써 봤다는 메시지인 걸까? 크리스티도 은근히 즐기고 있었던 것 같지만.

그래도 오로지 형부의 부탁만 들어주려고 쓴 작품은 아니다. 부탁을 들어주는 척하면서 사실은 그 안에 자신의 계획을 심어 두었다. 들어주는 '척'임을 명심하자. 장난 같은 트릭조차도 그녀의 계략이다. 진짜 속임수는 다른 데에 숨어 있다. 이왕 할 거면 제대로 해야 한다는 마음이었을 것이다. 적을 속이려면 아군도, 심지어 형부까지도 속여야 한다. 이러한 의미에서 『푸아로의 크리스마스』의 진짜 핵심은 밀실이 아니다. 아주 발견하기 쉽지만 의외의 대목에 버젓이 힌트가 제시되어 있다는 것만 말해 두겠다.

범행 동기를 조사하는 과정에서의 중요 포인트는 아버지 시메온에 대한 아들들의 반감이다. 하지만 이 작품은 '좋든 싫든 가족끼리는 서로 조금씩 닮은 구석이 있다'는 당연한 섭리를 멋지게 이용한다는 점에서 훌륭한 가족 미스터리라고 할 수 있다. 이 또한 모든 진상을 알게 된 후에 다시 읽어보기를 바란다. 알고 보니 조금 이상하거나 앞뒤가 안 맞는 장면들을 계속 마주치게 될 것이다.

이 작품은 가족의 굴레와 애증이 만들어낸 비극을 그렸다. 시메온의 아들들이 품은 우울은 가족 미스터리의 세 가지 요소인 억압, 돈, 어머니의 원한에서 비롯된 것이다. 이 중에서 시메온의 죽음을 초래한 진짜 동기는 무엇이었을까? 혹은 아예 다른 동기일까? 푸아로는 이렇게 말한다. "시메온 리가 자식들에게 전해야 하는 것은 무엇이었을까?" 결국 이 작품은 가족이라는 이름의 저주를 노래하는 이야기다.

독자들 중에서는 이 작품에 등장한 필라르 에스트라바도스라는 이름이 2017년 영화 「오리엔트 특급 살인」에도 나온 것을 기억하는 분도 계실 것이다. 『푸아로의 크리스마스』의 팬이었던 케네스 브래너가 원작의 북유럽계 선교사를 히스패닉계로 각색하면서 작중에 등장하는 이름을 따 왔다고 한다.

『비뚤어진 집』(1949) [*권도희 역, 2013년 황금가지]

자수성가로 막대한 재산을 축적한 아리스티드 레오니데스가 독살당하는 사건이 발생한다. 그보다 반백 살이나 어린 후처 브렌다에게는 살해할 기회가 있었지만, 명확한 증거가 없다.

레오니데스의 손녀딸 소피아는 연인 찰스에게 이 사건이 해결되지 않는 한 결혼할 수 없다고 통보한다. 이에 찰스는 경찰청 부청장인 아버지의 도움으로 레오니데스 가문을 방문한다. 레오니데스 저택에는 후처 외에도 장남 부부, 차남 부부, 소피아를 포함한 세 명의 손자녀, 그들의 가정교사, 전처의 언니, 하인들까지 대가족이 함께 살고 있었다. 틀림없이 가족들 중에 범인이 있다. 가족끼리도 서로를 의심하는 가운데 두 번째 살인 사건이 일어난다.

영어 원제는 'Crooked House'[14]. 마더구스의 동요에서 인용한 'crooked'라는 단어가 포인트다. crooked는 '비뚤어진'으로 번역되었으나 그 외에도 다른 의미가 많다. 성격이 비뚤어지다, 외관이나 골격이 비뚤어지다, 가지런하지 않다, 부정한 행위, 기묘함, 굴절, 괴짜 등. 그들이 사는 저택의 외관과 내부도 확실히 crooked하지만 그뿐만이 아니다. crooked에 내포된 모든 의미들은 이 작품의 등장인물들을 시사한다.

성격이 비뚤어진 사람, 부정행위에 손을 댄 사람, 전쟁에 나가지 못하는 사회적 일탈자 등 레오니데스 가문에는 각양각색의 crooked한 사람들이 모여 있다. 작중 소피아는 이렇게 말한다. "우리 가족은 정말 이상해. 다들 잔인한 구석이 하나씩 있는데 그게 전부 달라. 각자가 가진 잔인함이 커다란 불안의 씨앗이 되는 거야."

이미 생전에 친족에게 재산을 충분히 증여했기 때문에 유산을 노린 범죄일 리는 없어 보인다. 죽은 레오니데스에게 특별히 반감을 가진 사람도 찾을 수 없고, 오히려 그는 호감형 인물이었던 것 같다. 이야기의 초점은 그럼에도 불구하고 누가, 어떤 동기로 그를 살해했는지에 맞춰진다.

이 작품에서는 여러 가지 사건이 일어난다. 대개 심각한 사건에는 단서가 많고, 이를 토대로 용의자가 좁혀지기 마련이다. 유감스럽게도 이 작품은 그리 쉽게 전개되지 않는다. 물증이 없기 때문이다. 따라서 누가 범인이어도 그럴듯해 보인다. 그렇다면 어떠한 과정으로 범인을 밝혀내는 것일까? 그것이 이 이야기의 가장 큰 재미다. 물증은 없으나 크리스티는 곳곳에 범인에 대한 힌트를 숨겨 놓았다. 힌트에 들어맞는 사람이 누구인지를 추적해 간다면 어느 한 인물에 도달하게 될 것이다.

하지만 이 작품에서 가장 강렬한 인상을 남기는 것은 충격적인 진실[15]이다. 사건의 진상은 crooked의 총집합이자 가장 crooked한 요소라 할 수 있다. 말하자면 예상치 못한 결말의 대서사시인데, 결말 이후로도 완전히 끝나지 않는 섬뜩함 때문에 한 번 더 소름이 끼친다. 이 작품에서 다루는 내용은 현대 사회에서도 쉽게 찾아볼 수 있는 사회병리이기 때문이다. 비극의 원인은 비뚤어진 자의식과 일그러진 도덕심이다. 물증이 없다는 설정은 비극의 무서움을 증폭하는 장치다. 증거를 차곡차곡 모아 "범인은 바로 당신이야!"라고 지목하지 못하고, 조금씩 고조되는 긴장감이 마침내 한계에 달하여 폭발하는 것으로 마무리된다. 이러한 방식은 정성껏 단서를 수집하는 푸아로나 모든 사건을 지인에게 대입해 보는 마플에게는 적용할 수 없다. 이 작품이 시리즈물로 나오지 않은 이유다.

한편 유명 작가의 선행 작품 중에 이 작품의 진상과 비슷한 것이 두 편 있다. 그중 한 작품은 너무 유명해서[16] 『비뚤어진 집』을 읽다보면 바로 생각날 것이다. 다른 한 작품은 앞서 소개한 작품보다도 먼저 간행되었다(일본에서는 비교적 최근에 초판 번역본이 나왔다). 작가의 지명도를 고려할 때 크리스티도 두 작품을 모두 읽었을 것이다. 진상뿐 아니라 화자의 설정도 비슷한데, 어쩌면 크리스티는 비슷한 이야기여도 내가 쓰면 다를 것이라는 자신감을 가지고 있었는지도 모른다. 그럼에도 크리스티의 작품이 재탕처럼 느껴지지 않는 이유는 먼저 나온 두 작품과 범인의 이야기를 그리는 방식에서 분명한 차이가 있기 때문이다. 세 작품 중에서도 『비뚤어진 집』이 범인에게 가장 엄격한 태도를 보인다. 구체적인 차이점은 부디 직접 읽고 확인하시기를 바란다. 여기까지 설명하면서도 작품 제목을 말할 수 없어(말하면 범인을 눈치챌테니!) 입이 근질거린다.

『누명』 (1958) [*권도희 역, 2017년 황금가지]

———

아가일 가문 가주의 부인 레이첼이 살해당한다. 경찰은 사건 직전 레이첼과 말다툼을 했던 아들 재코를 체포한다. 그는 사건 발생 시각에 모르는 남자와 차에 타 있었다는 알리바이를 주장하지만, 경찰은 지어낸 이야기 취급하며 그 증인을 찾으려고도 하지 않았다. 유죄 판결을 받은 재코는 반년 후 옥중에서 폐렴으로 사망한다. 그렇게 모든 일이 일단락되는 것 같았다.

사건으로부터 2년 후, 캘거리라는 남자가 아가일 가문에 방문하여 놀랄 만한 정보를 전한다. 그가 재코가 주장한 알리바이의 증인이라는 것이었다. 재코와 헤어진 후 교통사고를 당해 기억을 잃었고, 그 후에는 남극 탐험대[17] 일원으로 2년간 남극에 있었기에 당시 사건이나 증인을 수소문했던 사실조차 몰랐다는 것이다.

이제와서 아무 소용 없겠지만, 캘거리는 자신의 증언으로 조금이나마 재코의 오명을 씻을 수 있을 테니 그 가족들은 분명히 기뻐할 것이라고 생각했다. 그러나 그의 예상과 달리 캘거리의 말을 듣고 재코의 가족들은 불안에 휩싸이며 동요한다. 재코가 무죄라면 레이첼을 죽인 진짜 범인은 따로 있다는 뜻이 된다. 더구나 범인은 아마 남은 가족들 중 하나일 것이다.

초반 도입부부터 아주 매력적인 작품이다. 가족 구성원 모두가 용의자이며 동기나 알리바이 측면에서 결정적인 단서가 없다. 이 책도 시리즈물이 아니라서 푸아로와 마플 모두 등장하지 않고, 탐정이 없는 대신 등장인물의 심리묘사가 이어진다. 바로 이 부분이 포인트다. 가족 전원이 용의자인데도 불구하고 그들 모두의 시점에서 각각의 심리를 보여준다. 마음속 목소리이기에 분명 거짓은 없으나 도무지 범인을 알 수 없다.

이는 『그리고 아무도 없었다』에서 활용한 수법과 동일하다. 다만 『그리고 아무도 없었다』에서는 누구의 마음속 목소리인지 알 수 없었다면, 이 작품에서는 누구의 시점에서 말하는 것인지 명시된다. 따라서 이 책의 추리 포인트는 같은 말을 어떻게 해석하는지에 달려 있다. 크리스티의 주특기인 중의적 의미 부여, 즉 처음 읽었을 때 이해한 의미와 진상을 파악한 후에야 깨닫게 되는 진짜 의미의 간극이 빛을 발하는 작품이다.

등장인물들의 다양한 심경을 바탕으로 아가일 가문의 부모-자식 관계가 자연스럽게 수면 위로 떠오른다. 아이를 낳을 수 없는 몸이었던 레이첼은 다섯 명의 양자를 들였고 재코도 그중 한 명이었다. 레이첼은 결코 나쁜 사람이 아니었다. 입양한 자식들에게 안전하고 유복한 생활을 선사했지만⋯⋯. 여기에 누가 읽어도 진부하다고 느낄 법한 '부모의 마음'이 등장한다. 『죽음과의 약속』에서 나오는 어머니와는 사뭇 다르다. 오히려 이쪽이 더 흔한 어머니일지도 모르겠다.

이 작품의 또 다른 특징은 억울한 누명을 벗기는 이야기라는 점이다. 크리스티는 자신의 작품 속에서 언제나 정의를 추구하며, 『맥긴티 부인의 죽음』, 『슬픈 사이프러스』, 『다섯 마리 아기 돼지』, 『복수의 여신』 등에서도 누군가의 누명을 벗겨주는 이야기를 다룬다. 하지만 『누명』은 이러한 작품들과 명확히 다른 행보를 보인다.

이상의 작품들은 범인이 잘못 체포된 사건을 바로잡아 억울한 피해자의 명예를 회복시키는 전개였다. 예컨대 『맥긴티 부인의 죽음』의 피해자는 재코처럼 일말의 동정의 여지도 없는 인물이었으나, 억울한 누명을 썼다는 이유만으로 푸아로는 그를 돕는다. 그것이 곧 정의니까. 반면 『누명』은 새로운 서사를 한 스푼 추가한다. 명예를 회복하는 이야기뿐만 아니라 진범을 모르는 상태에서 무고한 사람들이 서로를 믿지 못하는 비극을 그려낸 것이다. 이러한 시도를 통해 억울한 누명이 어떤 결과를 초래했는지, 왜 정의가 실현되어야만 하는지 고민할 수 있는 여지를 만들어냈다.

여담으로 크리스티는 이 작품의 집필을 잠시 중단하고 단편소설 「재봉사의 인형」(『리스터데일 미스터리』 수록)을 작업한 바 있다. 왜 『누명』을 쓰던 도중에 환상 호러소설인 「재봉사의 인형」이 탄생하게 되었을까? 그 이유는 두 작품을 함께 읽어보며 확인할 수 있을 것이다.

크리스티는 자서전에서 자신의 작품 중 가장 좋아하는 것은[18] 『비뚤어진 집』과 『누명』이라고 밝혔다. 둘 다 가족을 소재로 한 이야기이고, 작가 본인이 특별히 아낀 만큼 이 두 작품도 찬찬히 음미해 보시길 권한다.

여담　『누명』은 1984년에 영화화되어 일본에서는 「도버 해협 살인 사건」으로 공개되었다. (한국에서는 1989년 「아가사 크리스티의 추적」이라는 비디오테이프로 발매 및 공개되었다.-역자 주) 사실 도버 해협은 나오지 않지만, 1974년 「오리엔트 특급 살인 사건」의 히트에 힘입어 이후의 크리스티 작품을 모두 「○○ 살인 사건」으로 맞추느라 제목이 바뀐 것이었다. 또한 2018년 BBC 드라마판에서는 원작과 다른 범인으로 각색하였다. 2년 전 사건에서 캘거리가 바로 나타나지 않은 이유도 맨해튼 프로젝트의 원자폭탄 개발에 참가하여 정신질환을 얻었기 때문이라는 설정으로 변경되었다.

1 이 책에서는 다루지 않았지만 필명인 메리 웨스트매컷으로 낸 작품들은 모두 로맨스 장르였다.

2 마음속 깊은 곳에서 "정말 그 남자여도 괜찮아? 진심이야? 제발 정신 차려!"라고 외치고 싶어진다. 설령 용서했더라도 그 모든 일을 없었던 것으로 되돌릴 수는 없으니까 말이다.

3 데이비드 수셰이 주연의 드라마 「나일 강의 죽음」은 원작에 없는 장면에서부터 시작된다. 이 장면에 대해 수셰이는 자서전 『푸아로와 나』(다카오 나쓰코 역, 하라쇼보)에서 "이번 드라마는 애거사를 조금 놀라게 했을지도 모른다. 젊은 두 남녀의 베드신으로 첫 장면이 시작하는데 이는 애거사의 그 어떤 소설에서도 볼 수 없기 때문이다."라고 썼다. 수셰이가 원작을 상세히 읽고서 푸아로를 연기했음을 짐작케 하는 대목이다.

4 '에벌린'은 여성에게 많은 이름이지만, 에벌린 워가 남성 작가임을 염두에 둔다면 크리스티의 어떤 작품을 읽을 때 힌트가 될 수도 있다.

5 레이스 대령이 등장하는 작품은 이외에도 『갈색 양복의 사나이』, 『테이블 위의 카드』, 『나일 강의 죽음』이 있다. 『갈색 양복의 사나이』에서는 레이스 대령의 로맨스도 나온다!

6 「노란 아이리스」와 이 작품은 동일한 설정이지만 피해자와 범인이 서로 다르다. 단편을 먼저 읽어서 범인이 누구인지 알고 있더라도 이 작품을 읽으면 경악하게 될 것이다.

7 훗날 크리스티는 이 작품에 푸아로를 등장시킨 것은 잘못이었다고 말했다. 푸아로의 등장으로 미스터리 색채는 강해졌지만, 원래는 심리극에 치중하려고 했기 때문이다. 그래서인지 크리스티가 직접 각색한 이 작품의 희곡에는 푸아로가 나오지 않는다.

8 1930년대 중반부터라고는 썼지만, 사실 1928년 『블루 트레인의 수수께끼』

에서 연인의 바람과 변심을 그릴 때 주요 인물들이 모두 삼각, 사각관계였다. 바람이나 이혼 소동을 다룬 것은 그녀가 개인적으로 힘들었던 시기인데, 그에 비해 작품에는 삼각관계가 심상치 않게 난무하는 점이 흥미롭다.

9 섬이기는 하지만 데번주 본토와 모래톱으로 이어져 있다. 만조 때는 해수면이 올라오기 때문에 수륙 양용 트랙터로 이동한다. 데이비드 수셰이 주연의 드라마 「백주의 악마」는 실제로 이 섬의 벌 아일랜드 호텔에서 촬영했다. 조안 힉슨이 주연한 「복수의 여신」도 도입부 첫 장면을 이 섬에서 찍었다.

10 앞서 각주 4번에서 소개한 작품 외에 유명 작가가 쓴 컨트리하우스 미스터리로는 도로시 L. 세이어즈의 『증인이 너무 많다』[*도로시 L. 세이어즈 저, 박현주 역, 2010년 시공사], 앤서니 버클리(Anthony Berkeley)의 『두 번째 총성』[*앤서니 버클리 저, 윤혜영 역, 2009년 크롭써클], 대프니 듀 모리에 『레베카』 등이 있다. 이들은 물론 황금기의 작품이지만, 전후부터 현대에 걸쳐 컨트리하우스물은 꾸준한 인기를 누렸다. 1970년대에는 제임스 앤더슨(James Anderson)의 『피 묻은 에그 코지 사건(血染めのエッグ・コージ事件)』(후소샤 미스터리), 1980년대에는 바바라 바인(Barbara Vine)의 『치명적 반전』(봉아필)이 대표적이다. 2000년대 이후로는 케이트 모튼(Kate Morton)의 『리버튼』(지니북스)과 『비밀의 정원』[*케이트 모튼 저, 정윤희 역, 2012년 지니북스], 길버트 아데어(Gilbert Adair)의 『로저 머가트로이드의 행동(ロジャー・マーガトロイドのしわざ)』(하야카와 미스터리), 스튜어트 터튼(Stuart Turton)의 『에블린 하드캐슬의 일곱 번의 죽음』(책세상) 등 특수 설정을 활용한 작품도 여러 편 출간되었다.

11 『핼러윈 파티』는 2023년 케네스 브래너 감독·주연의 「명탐정 푸아로: 베니스 유령 살인사건」으로 영화화되었다. 대부분의 내용이 각색되어 원작 소설과는 아예 다른 작품이다.

12 제목에 '크리스마스'가 들어가지만 가족들의 불화와 살인 사건의 영향으로 작중에서 크리스마스 분위기는 거의 느껴지지 않는다. 영국의 크리스마스를 간접 체험하고 싶다면, 중편소설 「크리스마스 푸딩의 모험」(『크리스마

스 푸딩의 모험』 수록)을 추천한다. 이 작품은 단편소설 「크리스마스 모험」(『빛이 있는 동안』 수록)을 새로운 단편집의 페이지 수 조정을 위해 분량을 늘려 쓴 것이다.

13 시메온의 시체를 본 그의 아들은 "신의 맷돌은 천천히 돌지만 아주 곱게 갈린다(The mills of God grind slowly, yet they grind exceeding small)"고 중얼거린다. 이는 시간이 걸리더라도 진실은 반드시 밝혀진다는 의미의 속담으로, 미타니 고키 각본의 번안 드라마 「오리엔트 특행 살인사건」에서 원작의 선교사 역에 해당하는 야기 아키코(八木亜希子)의 대사에서도 언급된다.

14 비뚤어진 건물이라는 표현만으로는 단번에 감이 오지 않을 것이다. 작중 레오니다스 가문이 사는 저택은 '쓰리 게이블즈(Three Gables)'라고 불린다. 직접 저택을 본 찰스는 '일레븐 게이블즈(Eleven Gables)'가 더 적합한 이름이라고 생각한다. 여기서 게이블(gable)이란 삼각형 모양의 맞배지붕을 의미한다. 즉, 찰스의 생각대로라면 11개의 맞배지붕을 가진 저택임을 알 수 있다. 참고로 이 저택의 모델은 크리스티가 살았던 스타일스 저택이었다.

15 이 작품이 간행되었을 당시 미국에서는 라디오 드라마로 제작하려고 했으나, 전개 때문에 일요일 밤 일반 가정에 방송되기에는 부적절하다며 무산되었다. 출판사에서도 결말을 바꿔달라고 요청했지만 크리스티는 받아들이지 않았다.

16 이 작가는 '조종'을 소재로 한 작품들로 유명하며 그중에서도 범인이 탐정을 조종하는 추리소설이 있다. 그 작품의 출간과 같은 해, 크리스티도 푸아로가 범인에게 조종당하는 이야기인 『엔드하우스의 비극』을 출간했다.

17 1957년 가을, 크리스티는 세상과 동떨어져 있다가 모국에 돌아오면 이상한 기분이 든다는 남극 탐험 경험자의 인터뷰 기사를 읽게 되었다. 그녀는 이를 작품에 활용하기 위해 에이전트를 통하여 전문가의 확인을 요청했다. 때마침 1957년부터 1959년까지 미국의 찰스 R. 벤틀리(Charles R. Bentley)가 인솔하는 탐험대가 남극에 머물고 있었다. 이러한 배경을 고려할 때, 당시

독자들이 캘거리가 처했던 환경을 상상하기는 어렵지 않았을 것이다.

18   나중에는 『움직이는 손가락』까지 세 작품을 거론했다.

제4장

✦

━━━━━━━━━━━━━━━

속임수 기술로 읽다

━━━━━━━━━━━━━━━

AGATHA CHRISTIE

동요에 한정되지 않는 '비유 살인'

비유 살인이란 유명한 노래나 이야기, 전설 등의 내용을 따라 살인 사건이 전개되는 것을 가리킨다. 요코미조 세이시(横溝正史)의 『악마의 공놀이 노래』, S. S. 밴 다인(S. S. Van Dine)의 『비숍 살인 사건』이 비유 살인을 소재로 한 대표 작품이다.

크리스티에게도 동요 비유 살인으로 유명한 작품이 있다. 하지만 다른 작가들과 정반대로 비유 살인을 활용한다. 『그리고 아무도 없었다』에는 일찌감치 동요가 의미심장하게 제시되고, 첫 번째 피해자가 나올 때 이미 비유 살인 구조일 가능성이 생긴다. 덕분에 살인에 '순서'가 있다는 예상이 이야기에 서스펜스와 오싹함을 더한다. 이에 비해 『주머니 속의 호밀』은 어느 정도 사건이 진행되고 나서야 동요를 차용한 사건임을 눈치챌 수 있다. 비유 살인의 가능성을 깨달음으로써 이야기가 대폭 진전되는 것이다. 이처럼 비유 살인의 활용법 차이를 비교하며 읽는 재미도 쏠쏠하다.

노래 가사에 따른 비유 살인은 이 두 작품 외에도 단편소설 「쥐덫(Three Blind Mice)」(『쥐덫』 수록)이 있다. 작중에서는 시체 위에 "한 마리째"라는 짧은 글과 세 마리 생쥐 그림, 그리고 한 소절의 악보가 적힌 종이가 핀으로 꽂혀 있다. 이 단편을 기반으로 한 희곡 『쥐덫(The Mousetrap)』은 1952년부터 런던 웨스트엔드에서 상연되었고, 코로나19로 인해 2020년 중단될 때까지 68년 동안 세계 최장기간 상연을 이어갔다(2021년 5월부터 재개).

비유까지는 아니더라도 노래나 시를 기반으로 한 작품은 더욱 많다. 마더구스에서 모티프를 차용한 작품에는 『비뚤어진 집』, 『맥긴티 부인의 죽음』, 『다섯 마리 아기 돼지』, 『하나, 둘, 내 구두에 버클을 달아라』 등이 있다. 크리스티가 처음 마더구스를 작품에 활용한 것은 1929년 단편소설 「6펜스의 노래」(『리스터데일 미스터리』 수록)부터다. 1940년 단편소설 「검은 딸기로 만든 '스물네 마리 검은 새'」(『쥐덫』 수록)와 『주머니 속의 호밀』에서도 같은 동요를 활용하였다.

스토리와 직접적인 관계는 없지만, 작중 마더구스를 인용한 작품은 『0시를 향하여』, 『N 또는 M』, 『세븐 다이얼스 미스터리』, 『메소포타미아의 살인』, 『장례식을 마치고』, 『히코리 디코리 독』(1955), 『카리브 해의 미스터리』등 일일이 나열할 수 없을 만큼 많다. 특히 『N 또는 M』에서의 마더구스 인용은 매우 인상적이며 오랫동안 인상에 남는다.

영국의 다른 추리소설 중에도 마더구스를 모방하거나 인용한 작품이 많은 점을 고려하면, 마더구스가 영국 문화에 얼마나 깊게 뿌리내리고 있는지 알 수 있다. 그 효시는 1924년 이든 필포츠(Eden Phillpotts)[2]가 해링턴 헥스트(Harrington Hext)라는 필명으로 발표한 『누가 울새를 죽였나?(だれがコマドリを殺したのか？)』[*이든 필포츠 저, 무토 다카에 역, 2015년 소겐추리문고]와 필립 맥도널드(Philip MacDonald)의 『줄(鑢)』[*필립 맥도널드 저, 요시다 세이이치 역, 1983년 소겐추리문고]이라고 알려져 있다. 일본에서는 '누가 죽였을까 쿡크로빈(だれが殺したクックロビン)'이라는 구절이 익숙하게 느껴질 것이다. 무심코 손뼉을 짝짝 치는 사람이 있을지도 모른다. (1982년 제작된 일본 애니메이션 『파타리로』의 엔딩곡은 '누가 울새를 죽였나?'의 멜로디와 가사를 차용하였다. '누가 죽였을까 쿡크로빈(だれが殺したクックロビン)'은 이 엔딩곡의 첫 소절 가사다. 이때 애니메이션의 등장인물들이 리듬에 맞춰 손뼉 치는, 일명 쿡크로빈 춤을 추는 장면이 유명하다.-역자 주)

하지만 크리스티의 '비유'는 동요에 한정되지 않는다.

예를 들어 『깨어진 거울』은 테니슨의 시 「샬롯의 아가씨」를 본뜬 작품이고, 『움직이는 손가락』은 페르시아의 학자이자 시인이었던 오마르 하이얌(Omar Khayyam)의 4행 시집 「루바이야트」를 기반으로 했다. 참고로 『움직이는 손가락』에는 마더구스도 인용했다.

마더구스만큼이나 크리스티의 작품에 자주 활용되는 모티프로는 셰익스피어를 들 수 있다. 『죽음과의 약속』은 셰익스피어의 희곡 「심벨린」에 나오는 장송가 한 소절로 마무리된다. 「심벨린」은 잘 알려지지 않은 작품이지만 부모와 자식 간의 관계를 주축으로 하는 점에서 『죽음과의 약속』과 공통점이 있다. 『봄에 나는 없었다』도 셰익스피어의 소네트에서 따 왔다. 『푸아로의 크리스마스』, 『슬픈 사이프러스』, 『엄지손가락의 아픔』 등도 셰익스피어를 인용하여 작품 속 세계관의 기초를 세웠다.

이러한 작품들 중 판본에 따라서는[3] 서두의 에피그래프(epigraph)에 시 한 구절이 인용된 경우도 있다. 잘 알려진 시를 에피그래프로 빌려 오는 것은 그리 드문 일이 아니지만, 방심은 금물이다. 에피그래프에 중의적 의미를 심어둔 작품도 있기 때문이다. 이것만도 놀라운데, 한술 더 떠서 헌사와도 조합하여 속임수의 기교를 더하기까지 했다. 어떤 작품인지는 꼭 한번 찾아보시길 바란다. 물론 처음 읽었을 때는 전혀 알 수 없고, 나중에 진실을 알고 나서야 속임수의 존재를 깨닫게 될 것이다. 뒤늦게 모든 것을 알아차린 독자를 보며 크리스티가 환하게 웃는 얼굴이 눈에 선하다.

비유 살인에 전율할 수 있는 책 2권

『그리고 아무도 없었다』 (1939) [*김남주 역, 2013년 황금가지]

——

여덟 명의 남녀가 U. N. 오언이라는 낯선 인물로부터 초대를 받고 외딴섬에 방문한다. 섬에 도착하니 부부로 보이는 하인 둘이서 손님들을 맞이하지만, 그들 역시 U. N. 오언에게 고용되었을 뿐 그를 잘 모른다고 한다.

손님들이 안내된 방에는 작은 병정이 하나씩 줄어든다는 내용의 동요 가사가 적힌 액자가 걸려 있고, 응접실에는 병정 인형 열 개가 장식되어 있다.

이윽고 저녁 식사를 마치자 갑자기 기묘한 목소리가 울려퍼진다. 그 목소리는 하인 부부를 포함한 열 사람이 각자 숨기고 있는 과거의 죄를 고발한다. 그러더니 손님 한 명이 액자에 있던 동요 가사처럼 푹 쓰러진다. 그게 시작이었다. 동요 가사 그대로, 한 명씩 살해될 때마다 응접실의 병정 인형도 하나씩 줄어들기 시작한다……

『그리고 아무도 없었다』는 동요 비유 살인으로 매우 유명한 작품이면서 클로즈드 서클(closed circle) 장르의 걸작이다. (클로즈드 서클이란 소수의 내부인이 특정되는 공간 안에서 내부인에 의해 발생한 살인 사건을 가리킨다. 용의자의 범위와 사건 해결의 단서가 일정하게 추려지기 때문에 각종 추리물에서 즐겨 쓰는 배경 설정 중 하나다.-역자 주) 더 이상 설명이 필요한가 싶을 만큼 현대 추리소설의 '정석'을 세운 금자탑임에 틀림없다. 지금은 외딴섬에 사람들이 모이면 순서대로 죽어나가는 것이 하나의 약속처럼 느껴지는데, 바로 『그리고 아무도 없었다』에서 비롯한 것이다.

비유의 효과는 뚜렷하다. 맨 처음 사람이 죽는 시점부터 어떤 동화를 따왔는지 알 수 있다. 자연스럽게 앞으로 열 명이 살해당할 예정(?)이라는 것도 알게 된다. 필연적으로 '다음 차례는 누구일까?', '제한된 환경에서 어떻게 가사 내용에 맞추는 걸까?("큰 곰이 잡아갔네"라는 가사도 있는데!)' 등의 흥미로운 의문이 샘솟는다. 즉 이 작품은 대놓고 비유 살인을 표방하는 것이다.

이 작품의 가장 큰 특징은 등장인물 모두의 시점이 드러나고, 모두의 마음속 목소리가 묘사되어 있는데도 도무지 범인을 알 수 없는 속임수 기술에 있다. 이는 보통 거의 없는 일이다.

하지만 크리스티라면? 있다. 그것도 꽤 많이.

크리스티는 이러한 속임수 테크닉을 다른 작품에도 많이 활용하였다. 하지만 이 작품에서는 더 정교한 솜씨를 보여줬다. 등장인물마다 1인칭 시점으로 내면을 묘사하는데, 생존자들이 모이는 장면에서는 누구인지 구체적으로 밝히지 않은 마음의 소리가 계속 나오기도 한다. 그런데도 범인이 누구인지 알 수 없다. 정확히는 알 수 없도록 쓴 것이다. 그것도 독자들과의 페어플레이까지 엄수하면서.

범인을 알게 된 후에 처음부터 다시 읽어보길 추천한다. 특히 한 인물에 초점을 맞춰 다시 읽어보면, 크리스티가 얼마나 세세한 부분까지 신중하게 단어를 골랐는지 깨닫고 놀라게 될 것이다. 더구나 크리스티의 치밀한 계획에 완벽히 들어맞는 문장이 한두 개가 아니다! 번역자의 고충이 상당했을 것으로 짐작된다. 원문에서는 남녀를 구별하기 어려워도, 번역본은 일정 수준까지는 구분해줘야 하니 얼마나 곤란했을까?

다시 말해 이 작품은 크리스티가 트릭이 아닌 '속임수'로 독자를 농락하는 점이 현저하게 드러난다. 등장인물이 모두 죽는데도(이는 제목에 적혀 있으므로 스포일러가 아니다) 그 안에 범인이 있다는 것은 참신한 수수께끼지만 이를 성립시키기 위해서 크리스티는 말 그대로 '사기'에 가까운 문장 기술을 펼쳐나간다.

한 가지 재미있는 것은 이 작품에 사용한 동요 "Ten Little Niggers"의 가사에 두 가지 버전이 있고, 이에 따라 마지막 한 명의 운명도 달라진다는 점이다. 이 작품의 희곡도 크리스티가 직접 썼는데, 소설과 다른 버전의 가사를 사용해 결말이 크게 달라졌다. 영상화된 작품[4] 중에서 소설과 같은 결말로 끝나는 것은 1987년의 소련판, 2015년의 영국 BBC판, 2017년 일본 TV 아사히판의 세 작품뿐이다.

덧붙여 이 작품의 제목은 원래 『열 명의 흑인』이었지만 인종차별적이라는 지적에 따라 흑인 대신 인디언으로 바뀌었고, 현재는 병정섬 혹은 병정 인형으로 쓰고 있다. 이 때문에 기존 제목에 맞춰서 넣었던 관용 표현[5]이나 대화에 딱 들어맞지 않는 부분이 생겼다. 어쩔 수 없는 부분이지만 약간의 아쉬움이 남는다.

『주머니 속의 호밀』 (1953) [*이은선 역, 2013년 황금가지]

———

금융회사 사장인 포티스큐가 갑자기 자신의 사무실에서 쓰러져 사망한다. 조사 과정에서 아침 식사 때 독극물을 먹었을 가능성이 제기되고, 그의 겉옷 주머니 속에서 다량의 호밀이 발견된다. 이어서 그의 부인 아델도 독살되고, 하녀 글래디스[6]까지 무참히 목이 졸린 시체로 발견된다. 당시 글래디스의 코는 우스꽝스럽게도 빨래집게로 집혀 있는 상태였다.

글래디스는 예전에 세인트 메리 미드 마을에서 미스 마플이 예의범절을 가르쳐 준 아가씨였다. 이 소식을 알게 된 마플은 분노에 차서 주목(朱木) 산장을 방문하고 경찰에게 협조를 요청한다. 그리고 이 연쇄살인이 「6펜스 노래」를 모방한 사건임을 공표한다.

영국인 독자라면 주머니 속에 호밀이 들어 있었던 첫 번째 살인 사건을 보자마자 한 노래가 떠오를 것이다. 물론 다른 나라의 독자라면 곧바로 그렇게 연상하지는 못했을 테지만, 초반부터 왠지 비유 살인 같은 느낌이 든다. 다만 이 비틀린 활용법이 어찌나 기발한지! 이 작품의 핵심은 '왜 범인은 동요에 빗대어 살인을 저질렀는가?'로 귀결된다.

설정만 놓고 보면 크리스티가 자주 쓰는 가족물이다. 평소 미움받던 부잣집 가주가 살해당한다. 가족 구성원은 젊은 후처, 돈에 민감한 장남, 지루해하는 그의 아내, 아버지에게 쫓겨난 방랑자 차남, 아버지가 반대하는 결혼을 원하는 딸, 피해자의 악행을 죽도록 경멸하고 있는 전처의 언니 등이다. 하인들도 각자 개성이 넘쳐서 방심할 수 없다. 크리스티가 반복적으로 활용하였던, 가족 모두가 용의자가 되는 패턴이다. 매우 교묘한 트릭의 사용과 동시에 설정과 내용 전개 측면도 실로 크리스티다운 작품이라 할 수 있다.

그러나 어떤 한 가지 부분에 있어서, 이 작품은 크리스티의 다른 작품들과는 독보적으로 차별되는 색채를 보인다. 설마 크리스티의 작품을 읽다가 눈물이 날 줄이야!

작중 트릭에 감동한 적은 수없이 많다. 매력적인 탐정 캐릭터와 옛 대영제국을 묘사하는 대목도 흥미롭다. 이외에도 크리스티의 작품을 즐기는 방법은 여러 가지가 있을 것이다. 그러나 마지막 장면에서 눈물을 훔친 작품은 『주머니 속의 호밀』뿐이었다.

이 작품의 마플은 조용하지만 격렬하게 분노한다. 산장에서는 자신의 분노를 일절 티내지 않는다. 평소처럼 시골 할머니의 모습으로, 뜨개질을 하면서 용의자들 속을 파고들어 간다. 수수께끼를 풀고 나서 범인의 체포를 확인하거나 그 후 가족들을 마지막까지 지켜보지 않은 채, 마플은 자신의 역할이 끝났다고 생각하면서 유유히 산장을 떠난다.

　마플이 세인트 메리 미드 마을로 돌아가기 전 어떤 인물과 대화를 나누는 장면이 있다. 우선 이 장면에서 애절함이 고조된다. 이윽고 마지막 장면˚에서 결정타가 등장한다. 슬프고, 속절없고, 얄궂은, 하지만 도저히 어쩔 도리가 없는 한 문장. 바로 여기서 왈칵 눈물을 쏟고야 만다. 순진한 영혼에게 이 얼마나 가없은 일인가?

　이 마지막 장면은 추측성이 다분했던 추리에 명백한 물증이 있었다는 의미를 담고 있으나, 사실 미스터리의 전개상으로는 굳이 없어도 되는 부분이었다. 하지만 이 장면을 넣음으로써, 흔하디 흔한 가족물처럼 보이던 이야기가 완전히 다른 양상으로 독자들의 가슴에 꽂히게 된다. 마플과 어떤 인물 사이의 대화, 그리고 마지막 장면은 모두 '모른다'는 것의 비극과 아이러니로 가득 채워진다.

　마플도 이 장면에서 새로이 슬픔과 분노를 느낀다. 하지만 그 이후 그녀에게 찾아온 감정이야말로 장차 마플이 나아갈 길을 시사한다. 『카리브 해의 미스터리』를 소개할 때 언급했듯이, 초반의 시골 할머니에서 마플은 서서히 정의의 집행자로 변모한다. 『주머니 속의 호밀』은 그 전환점으로서의 역할이 빛나는 작품이다.

여담   『주머니 속의 호밀』을 집필하기 전, 크리스티는 사고로 손목이 골절되어 타자기를 칠 수 없는 상태였다. 그래서 이 작품은 딕터폰(dictaphone)(『애크로이드 살인 사건』에 나온 그것이다)을 사용하여 구술을 녹음하는 방식으로 쓰였다. 딸 로절린드는 매일 어머니의 방에서 흘러나오는 『주머니 속의 호밀』을 들었는데, 놀랍게도 초반부터 사건의 진상을 눈치챘다고 한다. 찰스 오스본(Charles Osborne)도 『*The Life and Crimes of Agatha Christie*』 중에서 이 작품은 초반부에 "불필요한 한 문장"이 있다고 지적한 바 있다.

두 가지 회상 살인

　　'회상 살인'[8]이란 과거의 사건에서 미해결 상태로 남은 것, 혹은 이미 결론지었던 것을 다시 조사하여 해결하는 방식을 말한다.

　　과거에 발생한 사건이기 때문에 지문이나 유류품 같은 물증을 새롭게 찾기는 어렵다. 이제 와서 시신을 해부할 수도 없다. 단지 사람의 기억과 기록에만 의지해야 한다. 하지만 시간이 지나면 지날수록 사람의 기억은 모호해지기 마련이다. 증언을 듣고 싶어도 관련 인물이 이미 죽은 경우도 있다. 따라서 한정된 정보에서 무엇을 발견하고, 어떻게 해석하여 재구축하는지가 회상 살인의 포인트다. 말하자면, 순전히 두뇌 플레이라고 할 수 있다.

제2차 세계대전 전후로 과학이 발전하면서 경찰도 최신 과학수사를 도입하였다. 탐정이 이렇다 저렇다 추리하기보다, 날이 갈수록 정밀해지는 지문, 혈액형, 심지어는 DNA 감정으로 순식간에 범인을 찾아내는 시대가 도래했다. 한 세대를 풍미하였던 추리소설 황금기의 클래식한 명탐정들은 시대에 뒤떨어진 존재로 전락했다. 이제 크리스티뿐 아니라 많은 미스터리 작가들이 경찰이 아니라 '반드시' 탐정이어야만 하는 이유를 생각해내야 했다.

그러나 회상 살인을 활용한다면, 경찰의 수사망 밖에 있는 불확실한 기억이나 모순되는 증언을 힌트 삼아 전혀 다른 해석을 할 수 있다. 이는 과학수사로 접근할 수 없는 영역이다. 경찰의 수사로 밝혀내지 못한 진상을 두뇌 플레이만으로 해결하는 회상 살인물이야말로 추억 속의 명탐정을 소환하기에 제격이다.

작품들을 보고 있으면 흥미로운 특징 하나를 발견하게 된다. 크리스티의 회상 살인물이 두 시기에 집중적으로 집필되었다는 점이다. 하나는 전쟁 중, 다른 하나는 크리스티의 말년이다. 특히 말년에 출간된 회상 살인물은 각 시리즈의 실질적인 마지막 작품이다.

이 분야 최고의 걸작인 『다섯 마리 아기 돼지』, 1년 전 사건이 현재 사건으로 이어지는 『빛나는 청산가리』, 크리스티가 죽은 후 출판된 『잠자는 살인』까지 세 작품은 모두 전쟁 중에 집필되었다. 제2장에서 설명했듯이 소설은 시대와 무관할 수 없다. 작품의 내용에 대하여 특정한 요구가 있거나, 이데올로기의 색채가 강하면 출판하기까지 다소 시간이 걸리기도 한다. 전시하에서 벨기에 난민인 푸아로가 영국인들의 범죄를 폭로하는 이야기는 쓰기 어려웠다. 『잠자는 살인』은 푸아로 시리즈의 『커튼』과 함께, 연일 격해지는 공습을 견디며 만일의 사태를 대비해 쓴 마플 시리즈의 마지막 작품이었다.

언제 출판될 수 있을지 모르는 상황에서 소설의 시대적 배경에 많은 고민이 필요했을 것이다. 바로 그럴 때, 과거의 사건을 다시 조사하는 회상 살인은 시대성을 배제하기에 알맞은 설정이다. 비유하자면 긴급피난 같은 것이다.

말년에 집필한 작품은 어떨까? 푸아로 시리즈의 실질적인 마지막 작품 『코끼리는 기억한다』(1972)는 푸아로가 십수 년 전 일어난 어느 부부의 동반 자살 사건에서 '누가 누구를 죽인 건지 진상을 규명해 달라'는 의뢰를 받는 이야기다. 토미&터펜스 시리즈의 마지막 작품 『운명의 문』은 이사 온 시골집의 고목(古

木) 안에서 "메리 조던의 죽음은 자연사가 아니었다.", "범인은 우리 가운데에 있다."라는 반세기 전의 기묘한 메시지를 발견하며 시작된다.

한편 미스 마플 시리즈의 실질적인 마지막 작품『복수의 여신』은 약간 변칙적이다. 마플은 범죄를 조사해 달라는 부탁을 받고 버스 투어에 참가하지만 정작 어떤 범죄인지는 모른다. 그 정체를 파악하는 과정이 처음 읽을 때의 포인트니, 이 작품도 회상 살인물에 해당한다는 것까지만 말하고 넘어가겠다.

회상 살인은 명탐정의 추리를 보여주기에 안성맞춤이라고 설명하긴 했지만 사실 말년에 쓰인 회상 살인물은 수수께끼 풀이보다도 크리스티가 스스로 향수(鄕愁)에 취하여 집필한 측면이 크다. 각 시리즈의 과거 작품을 자주 언급하는 점에서 이를 알 수 있다.

로버트 바나드(Robert Barnard)가『속임수의 천재』(히데부미 인터내셔널)에서 쓴 표현을 잠시 빌리자면, 전쟁 중 집필한 세 작품은 "과거에 대한 조사", 말년의 세 작품은 "과거로의 여행"으로 정리할 수 있다. 둘 사이에는 개별 작품들이 지닌 내력의 차이가 명확하다.

회상 살인을 맛볼 수 있는 책 2권

『다섯 마리 아기 돼지』 (1942) [*원은주 역, 2013년 황금가지][9]

———

16년 전 남편을 살해하여 유죄 판결을 받고 옥사한 어머니의 억울함을 증명해 달라는 의뢰를 받은 푸아로. 칼라 레마첸트라는 젊은 여성의 의뢰였다. 살해당한 피해자는 에이미어스 크레일이라는 화가였고, 그림의 모델이었던 엘사와 사랑에 빠져 부인 캐롤라인에게 이별을 고했다고 한다. 결국 그는 캐롤라인에게 독살당했다는 것이다.

푸아로는 사건 당시 크레일 가(※)에 있던 다섯 명을 방문한다. 에이미어스의 친우 필립과 그의 형 매러더스, 에이미어스와 사랑에 빠진 엘사, 캐롤라인의 어동생 안젤라, 안젤라의 가정교사 미스 윌리엄스는 각자 사건 당일의 기억을 글로 적어 푸아로에게 건넨다. 이들 다섯 명 중에서 캐롤라인의 무고를 믿는 사람은 안젤라밖에 없다. 과연 캐롤라인은 정말로 무고한 것일까? 증언과 수기만을 단서로 푸아로는 수수께끼 풀이에 도전한다.

　다섯 명의 수기[10]가 상당히 흥미를 돋운다. '다섯 명의 용의자가 수기를 적었습니다. 그중 거짓말을 하는 사람은 단 한 명입니다. 과연 누구일까요?'라는 식의 단순한 이야기가 아니기 때문이다. 진짜 범인을 제외한 나머지 사람들은 자신이 거짓말을 하고 있다는 자각이 없다. 단순한 착각이나 확신일 수도 있고, 혹은 자신의 희망사항을 언제부터인가 사실로 믿게 된 경우도 있다. 의도한 거짓말이 아니라면 왜 이 인물이 그렇게 판단하게 되었을까? 그것을 추리하는 것이 푸아로의 역할이다. 즉 수기에 나타난 모순이나 기억의 오류가 수수께끼를 푸는 복선이 되는 것이다.

여기에서 읽을 수 있는 것은, 우선 인간의 기억이란 100% 신뢰할 수 없다는 점이다. 나아가 자신이 처한 상황에 유리하도록 기억을 조작하거나, 자신이 보고 싶은 것만 보고[11] 믿고 싶은 것만 믿어 버리는 보편적인 인간 심리도 확인할 수 있다.

다섯 명의 수기와 함께 수사 관계자들이 각각 주변 인물들을 어떻게 묘사하는지에 주목해 보자. 캐롤라인을 두고 어떤 사람은 매력적이고 단아한 숙녀라고 말한다. 다른 사람은 이기적이고 계산적인 여자라고 비난한다. 또 다른 누군가는 짜증이 많은 사람이라고 생각한다. 동일 인물에 대한 평가라기에는 너무 제각각이지 않은가? 물론 여기에는 이유가 있다. 이처럼 자신이 생각하고 싶은 대로 판단해 버리는 인간의 심리에서 푸아로는 수수께끼 해결의 단서를 발견한다.

다른 한편, 작중 살인 사건이 16년 전에 일어났다는 사실이 마음에 걸린다. 이 작품이 집필된 16년 전, 즉 1926년은 크리스티의 전남편 아치볼드가 바람을 피우고 이혼을 요구한 해였다. 에이미어스 크레일(Amyas Crale)과 아치볼드 크리스티(Archibald Christie)는 이름의 이니셜이 같고 딸이 하나라는 공통점을 가졌다. 크리스티와 캐롤라인은 완전히 다르지만, 안젤라는 이집트 고고학 방면에서 유명한 인물이라는 설정이다.

과연 이들이 닮은꼴로 그려진 것은 우연일까? 적어도 출간되자마자 이 책을 읽은 당시 팬들은 자연스럽게 크리스티의 과거를 겹쳐 보게 되었을 것이다. 크리스티는 뼈아픈 과거를 하나의 소재로 삼을 수 있을 만큼 극복하였던 것일까, 아니면 집요하게 소설에서나마 전남편에게 복수한 것일까? 진실을 추적하기 위해 그녀의 자서전이나 인터뷰를 조사해 보았지만(물론 그에 대한 언급은 없었다), 80년 전 작가가 어떤 생각을 했었는지 추리하는 행위야말로 '회상 살인'임을 깨닫고 나도 모르게 실소가 터졌다.

『잠자는 살인』(1976) [*김윤정 역, 2013년 황금가지]

———

신혼집을 찾던 새 신부 그웬다는 딜머스에서 꿈에 그리던 집, 힐사이드 저택을 발견한다. 그녀는 저택을 구입하고, 남편이 일을 마치고 돌아올 때까지 집 개조를 끝내려는 의욕에 차 있다. 그런데 분명 처음 와 본 곳임에도 불구하고 정원의 길 위치나 거실과 부엌 사이의 문, 찬장의 안쪽 벽지 등이 묘하게 그녀의 기억을 자극한다. 사실 그녀는 이 집을 알고 있는 게 아닐까?

결국 그웬다는 힐사이드 저택에서 살인을 목격했던 기억을 떠올린다. 심지어 피해자의 이름까지 기억해냈다. 이것은 정말로 있었던 일일까, 아니면 꿈에서 본 장면이 머릿속에서 뒤죽박죽 섞인 것일까?

우연히 그웬다와 친해진 미스 마플은 그 이야기를 듣고 과거의 사건이 계속 잠들어 있도록 내버려두라고 그녀에게 충고하지만……

『잠자는 살인』은 크리스티가 사망한 후에 출판되었지만, 집필 시기는 전쟁이 한창일 때였다. 만에 하나 자신이 전쟁 통에 잘못될 경우를 대비하여, 푸아로 시리즈의 『커튼』과 함께 마플 시리즈의 마지막 작품으로 점찍어 두고 쓴 책이다.

지금까지 마플 시리즈를 읽어 온 독자들은 『주머니 속의 호밀』을 전후로 마플이 시골 할머니에서 정의의 집행자로 변모한 과정을 지켜보았다. 하지만 이 작품에 등장하는 마플은 아직 예전 모습 그대로이다. 더구나 1962년 출간된 『깨어진 거울』에서 옛 친구인 밴트리 대령이 이미 죽었고 그의 부인이 컨트리하우스를 내놓았는데, 이 작품에서는 그런 설정들도 옛날 시점 그대로이다.[12] 회상 살인으로 시대성을 어느 정도 배제했는데, 뜻밖의 부분에서 과거로 회귀한 것이다.

하지만 이러한 옥의 티도 그리 나쁘지만은 않다. '원래 마플은 이랬었지' 하는 그리움이 묘하게 피어오른다. 오지랖 넓고 남의 말 하기 좋아하는 무해한 할머니를 가장하면서 요리니, 뜨개질이니 하는 소소한 잡담을 통해 정보를 수집한다. 너무 나서지 않고, 이미 다 알고 있지만 그것을 감추고 젊은이들을 지켜본다. 이는 『움직이는 손가락』이나 『서재의 시체』에 나왔던 마플의 모습이다. 마음씨 좋은 요리사 아주머니, 게으름만 피우는 정원사, 가십을 좋아하는 점원도 있다. 『커튼』이 내용상 푸아로 시리즈의 '진짜 마지막' 작품이라는 느낌이 강하다면, 이쪽은 (결과적으로) 원점으로 회귀하면서 마플 시리즈를 마무리한다.

이 이야기의 매력은 뭐니 뭐니 해도 이제 막 이사 온 집인데 어렴풋이 기억이 난다는 설정의 스릴 넘치는 도입부다. 자기 취향으로 집을 꾸밀 생각에 부푼 그웬다의 일상생활이 세세히 묘사되는(이러한 사실적인 생활감은 마플 시리즈만의 별미다) 가운데, 기억이라는 이름의 불온한 그림자가 불쑥 다가온다. 남편과 2인 3각으로 진상을 찾고자 고군분투하는 대목에서는 토미&터펜스를 방불케 하는[13] 밝은 행동력이 돋보인다. 그러면서도 때때로 진실에 대한 불안과 공포가 얼굴을 내민다. 범인의 끔찍한 광기에 대항하는 마플의 '무기'를 확인하는 재미도 있다. 코지(cozy)와 호러가 서로 시너지 효과를 내면서 절묘하게 공존하는 것이다.

거의 비슷한 시기에 쓰인 『다섯 마리 아기 돼지』에서는 푸아로가 증언자의 흐릿한 기억을 단서로 진상에 다가서지만, 이 작품은 주인공 자신의 기억조차 흐릿하다. 이러한 작품 간의 대비도 재미있는 지점이다.

하지만 이 작품이 과거로의 회귀라는 점에서만 중요한 것은 아니다. 진상과 관련하여, 마플의 실질적인 마지막 작품 『복수의 여신』과의 우연한 유사성도 찾아볼 수 있다. 『잠자는 살인』은 시리즈의 대미를 장식하면서 원점으로 되돌아간 작품이며, 동시에 과거와 미래를 이어주는 작품이라고도 할 수 있다.

여담 　『잠자는 살인』은 원래 'Cover Her Face'라는 제목을 붙이려고 했었다. 그런데 1962년 P. D. 제임스가 같은 제목의 작품(일본어판 제목 『그녀의 얼굴을 가려라(女の顔を覆え)』 하야카와 미스터리문고, 한국에는 출간되지 않았다)을 먼저 내는 바람에 어쩔 수 없이 제목을 바꿔야 했다.

미스터리의 꽃,
뜻밖의 범인

　　미스터리에서 '뜻밖의 범인'은
그닥 놀랍지도 않다. 특히 크리스티는『애크로이드 살인 사건』
이나『오리엔트 특급 살인』[14]에서처럼, 갑작스럽게 '뜻밖의 범
인'을 만들어내는 편이라 누가 범인이든간에 이제 와서 다른 등
장인물들과 비교해봤자 무슨 소용이냐는 생각이 들 수도 있다.

　　그러나 뜻밖의 범인이란 예상치 못한 범인이 뜬금없이 제시
되는 것만 의미하지는 않는다. 크리스티는 의외성을 연출하기
위해서 독자가 무의식적으로 용의선상에서 배제하는 인물을
범인으로 설정하는 방법도 자주 활용했다.

　　예를 들면 사건의 피해자.[15] 범죄의 표적이 되었거나 죽을 뻔

한 경험 때문에 탐정에게 도움을 구하러 온 인물이 사실은 범인이었다는 패턴이 대표적이다(의뢰인이 곧 범인이라는 설정은 사설탐정소설[16]에도 자주 나온다). 또는 사건을 조사하던 사람이 범인으로 밝혀지기도 한다. 경찰, 탐정, 그들의 조수 등 사건을 쫓는 사람들이 범인인 경우다. 이외에도 이미 죽은(것으로 여겨진) 사람이나 아이들, 수수께끼를 푸는 장면에서 처음 이름이 언급된 사람이 범인인 작품도 있다. 그런가 하면, 크리스티의 작품은 아니지만 동물이 범인(인(人)을 써도 되나?)인 아주 유명한 고전도 있다.

애시당초 용의선상에서 벗어난 자들이라는 전제조건 때문에 그들이 뜻밖의 범인으로 등장하는 것은 이해하기 어렵지 않다. 누구든 의심하는 게 당연하지 않냐고 생각할 수도 있지만, 그것은 우리가 크리스티를 비롯한 과거의 수많은 미스터리 작품들을 이미 읽어보았기에 가능한 발상이다.

약간 실례되는 표현이지만, 이처럼 사골처럼 우리고 또 우려먹은 미스터리여도 결국 독자들은 크리스티에게 속고 만다. 왜일까? 독자의 맹점을 찌르는 한 방이 있기 때문이다. 크리스티의 대표적인 기술 두 가지를 소개한다.

첫째, 한 바퀴 돌아보고 나니 가장 수상했던 인물이 진짜 범인이라는 패턴이다.

미스터리에 익숙한 독자라면 '가장 수상한 사람은 범인이 아니다'라는 선입견이 있다. 동기는 있지만 알리바이는 없고, 인간적으로도 전혀 믿을 수 없어 경찰이나 관계자가 가장 먼저 의심할 만한 사람. 그런 사람이 범인이면 김빠진 미스터리 같지 않은가? 하지만 크리스티는 일부러 그런 사람을 등장시켜 독자들이 한 번 의심하게 만든 후 그가 무고하다는 증거를 내민다. 그리고 '그럼 그렇지, 이렇게 수상한 사람이 범인일 리가 없지.'라고 생각할 즈음 다시 한번 독자의 뒤통수를 친다. 이 방법을 사용한 작품은 생각보다 많다.

둘째, 판에 박힌 인물의 활용이다.

크리스티의 작품에는 상투적인 조연 캐릭터가 자주 나온다. 소문을 좋아하는 아주머니, 덜렁거리는 메이드, 마음씨 고운 요리사, 방탕한 아들, 남자를 손쉽게 유혹하는 섹시한 미녀, 무뚝뚝하고 고지식한 대령, 근면 성실한 집사나 저택 안주인 등이 대표적이다. 이런 감초 같은 상투적인 인물들이 때로는 일종의 개그 요소가 되어 독자를 웃게 하고, 때로는 이야기의 전반적인 분위기를 연출하는 데 한몫을 한다. 말하자면 무대 장치와 비슷한 역할이다. 그래서 독자들은 그들의 가려진 뒷모습이나 속사정에는 큰 관심이 없다. 크리스티는 그 틈을 찔러온다.

'판에 박힌' 것은 인물뿐만이 아니다. 예컨대 부부 사이에 끼어 들어 남편을 홀리는 여자는 '악녀', 나이 많은 부자와 결혼하는 여자는 '유산을 노린 것'이라는 기본적인 설정값이 있다. 피해자의 얼굴이 훼손되어 있다면 실제 피해자는 다른 사람일 것이라고 충분히 예상할 수 있고, 수상한 인물이 범행 시각 당시 다른 장소에 있었다면 알리바이 트릭이 있겠거니 생각하게 된다. 하지만 이와 같은 일종의 약속도 크리스티의 손에서는 의외의 형태로 바뀌어 쓰인다. 끝내 독자들은 "그렇게 된 거였어?"[17]를 외치고 마는 것이다.

즉 크리스티의 '뜻밖의 범인'이란 갑작스럽든 아니든, 모두 독자의 확신을 역으로 이용한 결과라고 할 수 있다. 크리스티는 추리소설의 캐릭터와 설정에 대한 선입견을 속임수의 테크닉으로 이용한다. 그러니 미스터리에 익숙하고 그 특유의 패턴들을 잘 아는 사람이라도 크리스티에게는 속아버릴 수밖에 없다. 이 또한 크리스티의 미스터리가 시대를 초월하여 독자들을 짜릿하게 만드는 이유일 것이다.

뜻밖의 범인에 놀랄 수 있는 책 2권

『3막의 비극』(1934) [*박슬라 역, 2015년 황금가지]

———

전 배우 카트라이트의 저택에서 파티가 열린다. 파티가 한창일 때, 한 늙은 목사가 칵테일을 마시더니 갑자기 쓰러져 사망한다. 카트라이트는 살인 사건일 수도 있다고 주장하지만 그곳에 있던 의사와 푸아로마저도 살인의 가능성은 없다고 생각한다. 목사의 죽음은 병으로 인한 급사로 처리된다.

그 후 살인 가능성을 부정했던 의사가 다른 파티에서 비슷하게 사망하고, 그의 사인은 독살로 판명된다. 그렇다면 목사의 죽음도 단순한 병사가 아니라 살인이었던 걸까? 카트라이트와 그의 후원자인 새터스웨이트[18](『신비의 사나이 할리퀸』의 화자인 그 새터스웨이트가 맞다), 그리고 카트라이트를 사랑하는 에그까지 수수께끼 풀이에 나선다.

읽을수록 점점 초조해지는 작품이다. 제목에서 알 수 있듯이 이 작품에서는 살인이 세 번 일어난다. 카트라이트를 포함한 세 사람이 매 살인 사건마다 여러 가지를 조사하며 다양한 실마리를 발견하고, 그중 한 사건에 대해서는 그럴싸한 용의자도 추려지지만, 아무리 노력해도 거기서 더 진척되지 않는다. 무엇보다 세 건의 살인 사건 사이의 연결 고리를 파악하기가 어렵다.

여기까지만 놓고 보면 자연스럽게 『ABC 살인 사건』이 떠오를 것이다. 실제로 『3막의 비극』과 『ABC 살인 사건』은 아주 가까운 시기에 집필되었고, 『ABC 살인 사건』이 이 작품의 발전형[19]이라고 할 수 있다. 동기 불명의 연쇄살인이라는 같은 소재를 각각 다른 분위기로 보여준다.

마지막으로 해결편을 읽고 나면 그 전까지의 초조한 감정조차 크리스티의 계획에 포함되어 있었음을 깨닫는다. 독자의 입에서 "그렇게 된 거였어?"라는 말이 터져나올 수 있도록, 아주 치밀하고 촘촘한 기획이 깔려 있다. 이 작품은 주요 등장인물이 전 배우, 극작가, 후원자, 무대 의상을 다루는 양장점 주인이고 이야기의 구조가 '3막'으로 표현된 점에서 연극의 형식을 따랐는데, 이조차도 트릭에 기여한다. 진상을 다 알고 다시 처음부터 읽으면 아주 초반부부터 진상을 거의 다 알려주는 힌트가 있음을 알게 될 것이다.

사실 이 작품에는 다른 의미에서 "그렇게 된 거였어?"라고 외치게 되는 요소가 있다. 영국판과 미국판의 범행 동기와 범인의 마지막 행동이 다른 것이다. 초판에서는 영국판과 미국판의 제목이 아예 달랐는데(영국: *Three Act Tragedy*, 미국: *Murder in Three Acts*), 판본이나 판형을 바꿔서 반복적으로 출간되는 동안 영국판 제목에 미국판 내용을 싣거나 혹은 그 반대의 경우가 생기기도 했던 것 같다. 이래저래 복잡하다.

　미국에서 먼저 발표되고 그 후 영국판이 나왔으므로 크리스티에게는 영국판이 최종 버전이었을 것이다. 현재 시중에 판매되는 것도 영국판이다. 그러나 개인적으로는 미국판을 조금 더 선호하는 편이다. 미국판이 범행 동기에 이어지는 수많은 복선들이 더 드라마틱하고 교묘하기 때문이다. 영국판에서는 동기가 바뀌었기 때문에 그에 뒤따르는 복선들을 통째로 들어냈다. 여러모로 아깝기 짝이 없다.

　영국에서 데이비드 수셰이가 주연한 드라마는 영국판, 미국에서 피터 유스티아노가 주연한 영화는 미국판이 원작이니 비교해 보아도 좋을 것이다.

여담　신초분코판 『3막 살인 사건』의 해설에서 역자인 나카무라 다에코가 목사 살인 사건의 증언에 모순이 있다는 신선한 해석을 제시했다. 중요한 부분에서 문제가 되지는 않지만 나카무라의 지적 사항은 전적으로 크리스티의 실수다.

　이 작품에서 푸아로가 자신의 과거를 이야기하는 장면도 눈길을 끈다. 벨기에에서 영국으로 망명한 후 신세를 지고 있던 부인이 살해당했다는 이야기는 『스타일스 저택의 괴사건』, 벨기에에 있을 때 잘못을 저질렀다는 이야기는 「초콜릿 상자」(『빅토리 무도회 사건』 수록)를 가리킨 것이다.

『커튼』 (1975) [*공보경 역, 2015년 황금가지]

─────

헤이스팅스는 푸아로의 호출을 받고 그리운 스타일스 저택으로 향한다. 스타일스 저택은 둘이서 처음 사건을 조사했던 기념비적인 장소였다. 당시에는 컨트리하우스였던 이곳도 시대의 흐름을 거스르지 못하고 지금은 다른 사람 소유의 하숙집이 되었다. 푸아로는 숙박객으로 이곳에 묵고 있다.

스타일스 저택에 도착한 헤이스팅스는 병에 걸려 휠체어를 떠날 수 없는 푸아로를 마주한다. 게다가 지금 저택에는 수차례 살인 사건에 연루되었던 인물이 머물고 있다. 푸아로는 분명 여기에서도 사건이 일어날 테니 자신을 대신해 움직여 달라고 부탁하는 한편, 혹시나 헤이스팅스가 티를 낼까봐 수상한 인물이 누구인지는 가르쳐주지 않는다. 일단 헤이스팅스는 저택에 묵고 있는 사람들을 관찰하기로 하는데…….

마플 시리즈의 『잠자는 살인』처럼, 크리스티가 자신이 죽고 나서 발표될 것으로 예상하고 전쟁 중에 집필하였던 에르퀼 푸아로의 마지막 사건이다. 『잠자는 살인』이 전형적인 마플을 그려낸 데 비하여 이쪽은 크리스티만의 대담한 기술과 충격적인 마지막 장면이 기다리고 있다. 이것만으로도 명백한 걸작이지만 푸아로 시리즈의 대표작 몇 편만이라도 읽고 나서 도전하기를 추천한다.[20] 아무래도 푸아로 시리즈의 흐름을 알고 있어야 서프라이즈의 진수를 맛볼 수 있다. 독자들의 확신을 이렇게까지 훌륭히 역이용한 예는 없었다.

우선 작중 무대와 설정이 감탄을 자아낸다. 우리가 알고 있던 스타일스 저택이 낯선 하숙집으로 바뀌었고, 푸아로는 늙고 병들었으며, 헤이스팅스도 사랑하는 아내를 잃고 막내딸의 반항에 시달리는 중이다. 화려한 데뷔작과 병들고 노쇠한 마지막 작품의 대비. 잔혹한 시간의 흐름(이 작품을 푸아로 전성기에 썼다는 것도 대단하다)에 왠지 모르게 우울해지는 기분을 주체하기 어렵다. 헤이스팅스의 변함없는 어벙함이 분위기를 온화하게 만들어 주니 그나마 다행이다. 이런 상황에서 도대체 무엇을 할 수 있다는 것일까? 하지만 독자들은 설령 푸아로가 움직일 수 없어도 작은 회색 뇌세포로 사건을 해결해 줄 것이라는 실낱같은 희망을 가진다.

숙박객들도 가지각색의 개성을 뽐낸다. 머리에 온통 연구 생각밖에 없는 과학자, 병든 몸을 방패로 막나가는 부인, 유능하지만 정 없는 간호사, 위험한 페로몬을 흩뿌리는 바람둥이, 새와 식물을 사랑하는 조용한 청년, 요즘 세대의 마인드를 장착한 반항적인 딸, 마음 여린 공처가 남편이 눈에 띄는 하숙집 주인

부부. 개성적면서도 아주 판에 박힌 인물들이기도 하다. 그렇다는 것은…… "그렇게 된 거였어?"를 외칠 타이밍이 머지 않은 듯하다.

사건은 전체 이야기의 3분의 2을 지나는 시점에야 일어난다. 그때까지 조금씩 불안한 분위기가 고조되고, 마지막 부분에 이르면 미리 깔아둔 장치들이 서프라이즈 공개된다. 진상이 밝혀지면서 "진짜로 그게 복선이었나?", "설마 그 아무렇지도 않던 행동이 그런 결과를 불러온 것인가?" 등의 질문과 함께 한숨을 내쉬게 된다. 이것이야말로 크리스티의 진수라 할 수 있다. 푸아로 시리즈의 화룡점정으로 걸맞은 작품이다.

크리스티는 1973년 『운명의 문』을 출간했다. 당시 크리스티의 작품은 딸 로절린드가 관리하고 있었다. 로절린드는 건강상의 이유로든, 작품에 대한 평가를 유지하기 위해서든, 이 이상 어머니가 계속 소설을 쓰기는 힘들다고 판단하였고 에이전트에도 집필 중단 의사를 전했다. 이후에는 단행본 미수록 작품을 모은 단편집이 출간되었다.

1975년 로절린드는 지금이야말로 『커튼』을 발표할 때라고 주장하며, 크리스티의 허락을 받아 단행본 간행에 착수했다. 그때의 일에 대하여 자넷 모건(Janet Morgan)은 『애거사 크리스티의 생애』(하야카와쇼보)에서 크리스티는 "푸아로보다 XXX했다"고 쓰고 있다. 스포일러가 되지 않도록 가려두었지만, 『커튼』을 읽은 독자들이라면 XXX에 들어갈 말이 무엇인지 금세 알 수 있을 것이다.

『커튼』에서 푸아로가 "지쳤어요. 큰일을 해내고 나니 기진맥진하군요. 이제 얼마 남지 않았겠지요."라고 말한 그 다음 해, 1976년 1월 12일 크리스티는 85년의 긴 생애를 마쳤다. 마지막의 마지막까지 독자를 속이는, 실로 큰일을 해낸 일생이었다.

여담　　『커튼』을 읽고 나서 『ABC 살인 사건』을 다시 읽어보기를 권한다. 『ABC 살인 사건』에서 제프 경감이 푸아로에게 말하는 대사를 보면 『커튼』의 출간을 예언하는 느낌이 든다. 더 나아가 "과연 나쁘지 않은 생각이군. 조만간 그것도 책으로 써야겠군요."라고까지 말하고 있는 듯하다. 집필 시기를 고려하면 이즈음부터 크리스티의 마음속에서는 『커튼』의 큰 틀이 정해져 있었을지도 모른다.

1 「쥐덫」은 영국에서 오랜 기간 단행본에 수록되지 않았다. 1958년 동명의
   연극이 영국 역사에서 가장 오래 상연된 연극 타이틀을 얻자 출판사는 「쥐
   덫」을 중심으로 그동안 단행본에 수록되지 않았던 단편 모음집을 기획하
   였다. 하지만 아직 연극을 보지 않은 사람들에게 스포일러가 될 수 있다는
   이유로 크리스티가 「쥐덫」의 수록을 거절했고, 이로 인한 분량상 공백을
   다른 작품 두 편으로 메웠다. 「크리스마스의 모험」을 「크리스마스 푸딩의
   모험」으로, 「바그다드 궤짝의 수수께끼」(『빛이 있는 동안』 수록)를 「스페인 궤
   짝의 수수께끼」로 각각 수정해 페이지 수를 조정한 것이다. 이렇게 간행된
   단편집이 『크리스마스 푸딩의 모험』(1960)이었다. (최신 국내 번역본인 황금가지
   판 『크리스마스 푸딩의 모험』에는 「스페인 궤짝의 수수께끼」가 미수록되었다. 「스페인 궤짝
   의 수수께끼」의 한국어 번역본은 해문출판사판 『크리스마스 푸딩의 모험』에서만 확인할 수
   있다.-역자 주)

2 청소년기 크리스티는 필포츠의 이웃집에 살고 있었다. 그때의 인연으로 필
   포츠는 크리스티의 데뷔 전 습작을 먼저 읽고 그녀를 격려해주었다고 한
   다. 그는 작가로서의 크리스티를 낳은 부모나 다름없는 셈이다. 『엔드하우
   스의 비극』에는 필포츠에 대한 감사의 말도 실려 있다. 한편 마더구스의
   "누가 울새를 죽였나"에 이어지는 가사를 제목으로 붙인 사례로 엘리자베
   스 페러스(Elizabeth Ferrars)의 『자기가 보았다고 파리는 말하네(私が見たと蠅は
   言う)』(하야카와 미스터리문고)를 들 수 있다.

3 번역서의 저본이 된 판본에서 에피그래프를 수록했는지에 따라 다르다. 애
   초에 에피그래프가 빠진 판본이 왜 있는 것인지는 잘 모르겠다. 출판사 마
   음대로 에피그래프를 제외시켜도 되는 걸까?

4 영상화하는 과정에서 다양한 변주가 생겨났다. 예컨대 작중 배경에 있어
   서 1965년 영화 「열 개의 인디언 인형」에서는 설산, 1974년 이탈리아·독
   일·프랑스·스페인·영국이 공동제작한 영화에서는 이라크 사막의 호
   텔, 1989년 영화 「희생의 제물들」은 아프리카로 바뀌었다. 클로즈드 서클
   이기만 하면 굳이 섬일 필요는 없긴 하지만……. 참고로 인도에서는 네 차
   례나 영화화되었다. 거의 원형을 유지하고 있지 않은 데다가 1965년 공개

된 「Gumnaam」에서는 발리우드 영화답게 노래하고 춤추는 장면까지 나온다. 이렇게 활기 넘치는 『그리고 아무도 없었다』는 또 없을 것이다.

5 작중에서 한 인물이 '흑인 섬'을 가리켜 "There's a nigger in the woodpile"이라는 관용구를 언급한다. 이는 생각지 못한 장애, 방해꾼이라는 의미다. 'Nigger'를 사용하지 않게 되면서부터 같은 의미의 속담 "a fly in the ointment"로 바뀌었지만 섬의 이름과 관계가 없으니 조금 뜬금없는 감이 있다. 게다가 원래의 관용구에 담겨져 있던 어떤 힌트도 사라지고 말았다. 반대로 인디언섬 혹은 병정섬이 배경인데 흑인이 언급되는 대화가 그대로 남아 있는 경우도 있다.

6 크리스티의 작품에 등장하는 메이드는 글래디스라는 이름인 경우가 많다. 이 작품 외에도 『두 번째 봄』, 『목사관의 살인』, 「약자」(『크리스마스 푸딩의 모험』 수록), 「레르네의 히드라」(『헤라클레스의 모험』 수록), 「완벽한 하녀 사건」(『쥐덫』 수록)에도 메이드나 하인 역할로 글래디스가 등장한다. 모두 동일 인물이라면 흥미롭겠지만 당연히 아니다.

7 미스 마플 드라마는 조안 힉슨 주연의 BBC판이 원작에 충실하고, 제랄딘 맥완(Geraldine McEwan)(네 번째 시리즈에서는 줄리아 맥켄지) 주연의 ITV판은 각색이 두드러지는 경향이 있다. 그런데 이 작품에 대해서는 반대로 나타났다. ITV판은 원작 그대로, BBC판은 결말을 크게 바꾼 것이다. 따라서 BBC판에서는 마지막 부분의 '그것'이 등장하지 않아 조금 아쉬움이 남는다.

8 회상 살인을 활용한 작품 중에서는 엘러리 퀸의 『폭스가의 살인』(검은숲)이 『다섯 마리 아기 돼지』와 비슷한 시기에 나와서 곧잘 비교 대상으로 언급된다. 그밖의 추천작으로는 캐시 언즈워스(Cathi Unsworth)의 『매장된 여름(埋葬された夏)』[*캐시 언즈워스 저, 미스미 가즈요 역, 2016년 소겐추리문고], 조엘 디케르(Joel Dicker)의 『해리 쿼버트 사건의 진실』[*조엘 디케르 저, 윤진 역, 2013년 문학동네], 일본 작품 중에서는 온다 리쿠의 『목요조곡』(북스토리)이나 후루타 덴의 『제비꽃 저택의 죄인(すみれ屋敷の罪人)』(다카라지마샤분코) 등이 있다.

9 작품 제목 및 각 장의 제목은 마더구스의 "The Little Piggy"에서 따 왔다. 찰스턴과는 전혀 무관하니 혹여나 착각은 금물. ("다섯 마리 아기 돼지와 찰스턴(五匹のこぶたとチャールストン)"이라는 일본의 동요가 있다. 저자의 말처럼 크리스티의 소설과 이 동요는 아무 관계가 없다.-역자 주)

10 필립의 수기에서는 안젤라가 에이미어스에게 불치병에 걸려 죽어버리라고 말한 일이 적혀 있다. 원문에서는 'leprosy'(한센병)라는 명확한 병명으로 나오는데, 한센병 환자에 대한 뿌리 깊은 차별을 고려해 번역본에서는 병명을 얼버무린 것으로 추정된다. 그러나 이 대목에서 한센병이라는 단어를 삭제했기 때문에, 뒤에서 서머싯 몸(Somerset Maugham)의 『달과 6펜스』이야기가 언급되는 의미를 이해하기 어려워졌다(『달과 6펜스』에는 한센병에 걸린 화가가 등장한다).

11 다른 사람에 대한 이야기는 곧 자기 자신에 대한 이야기나 다름없다. 다른 사람을 평가하는 것은 그 과정에서 자신이 어떤 가치관과 사고방식을 가진 사람인지 설명하는 것에 지나지 않는다. 살짝 오싹한 기분마저 드는 듯하다.

12 이뿐만 아니라 프라이머 경감과의 대화를 함께 고려할 때, 작중 배경은 1945년 즈음으로 추측된다. 프라이머 경감은 마플에게 "목사관의 서재에서 교구위원이 살해당했던 사건"이나 "라임스톡 근처에서 일어난 작은 괴편지 사건"에서 그녀의 이야기를 들었다고 말하는데, 전자는 『목사관의 살인』, 후자는 『움직이는 손가락』을 가리킨다.

13 제10장에서 그웬다는 요양소(sanatorium)를 방문하여 어떤 노부인을 만나게 된다. 그 노부인은 우유 컵을 들고 나타나서는 난로 뒤에 아이가 있다는 말을 한다. 이는《토미&터펜스 시리즈》의 『엄지손가락의 아픔』 및 올리버 부인의 단독 출연작인 『창백한 말』에서 노부인의 행동과 완전히 일치한다. 『엄지손가락의 아픔』에서는 노부인의 말이 예상치 못한 사건으로 발전했으나, 이 작품에서는 별다른 일 없이 흘러가는 대사가 되었다.

14 가타부타 말이 많아도 이 두 작품의 범인이 크리스티가 만들어낸 뜻밖의 범인 중에서도 Top임은 틀림없다. 여기에 『커튼』까지 더해서 Top 3라고 할 수 있다. 다만 『비뚤어진 집』의 범인도 의외성의 측면에서는 빼놓을 수 없다.

15 여기서 소개한 패턴들은 동물이 범인인 경우를 제외하고 모두 크리스티의 작품에 활용되었다. 각각 어떤 작품인지 알려주고 싶지만 스포일러 방지를 위해 말을 아끼겠다. 수수께끼가 풀리기 전까지는 전혀 이름이 나오지 않았던 인물이 범인으로 지목되는 순간, 나도 모르게 "누구?"라고 외치게 된다.

16 아주 유명한 모 사설탐정이 비슷한 일을 자주 겪었다. 의뢰비를 받을 수 없을 텐데 어떻게 생계를 유지하고 있는지 신기하기만 하다.

17 "그렇게 된 거였어?" 계열의 작품 중 Top은 『서재의 시체』라고 생각한다. 사실 이러한 패턴은 그 밖에도 아주 많다. 달리 말해, 크리스티는 속임수의 천재라는 의미다.

18 작중에서 "범죄 수사가 처음은 아니다."라는 새터스웨이트의 대사가 있는데, 이는 『신비의 사나이 할리퀸』의 「어릿광대 여관」을 염두에 두고 말한 것이다.

19 같은 시기에 이어서 집필되었던 또 다른 작품은 『구름 속의 죽음』이다. 『3막의 비극』과 『구름 속의 죽음』에는 같은 트릭을 사용하기도 했다. 『구름 속의 죽음』에서 푸아로가 비슷한 경험을 한 적이 있다고 말한 것은 이 때문이다.

20 주요 작품으로는 『스타일스 저택의 괴사건』, 『ABC 살인 사건』, 『나일 강의 죽음』, 『골프장의 살인』이 작중에서 언급된다. 또한 확실히 말하지는 않지만 『슬픈 사이프러스』나 「로도스 섬의 삼각형」을 떠올리게 하는 구절도 있다.

제5장

✦

독자를 어떻게
함정으로 이끄는가

AGATHA
CHRISTIE

이 장에서는 『시태퍼드 미스터리』(1931)[*김양희 역, 2021년 황금가지](※별제 『헤이즐무어 살인사건』[*장말희 역, 1993년 해문출판사])와 『살인은 쉽다』(1939)[*박산호 역, 2013년 황금가지]의 진상과 복선을 다룬다.

크리스티의 속임수 테크닉의 핵심은 독자의 예상을 이용하여 그 맹점을 찌르는 데에 있다. 나중에서야 "이렇게 확실히 힌트가¹ (때로는 진상이) 쓰여 있었는데 왜 눈치채지 못했지?"라고 후회하거나 "그때 그 아무렇지도 않았던 장면에 설마 그런 의미가 있었을 줄이야."라고 놀라는 것 모두 크리스티가 '눈치채지 못하게 하는 기술'을 발휘했기 때문이다. 다시 말해 크리스티의 속임수가 심히 뛰어난 탓이다.

그렇다면 크리스티는 어떻게 독자를 함정으로 이끄는 것일까?

먼저 독자와 페어플레이를 한다. 거짓말은 쓰지 않는다는 뜻이다. 이는 기본적인 대전제다. 가령 어떤 작품에서는 등장인물이 붉은 염료를 써서 피를 흘린 척하는 대목이 있다. 여기서 크리스티는 blood(피)라고 쓰지 않고, crimson stain(주홍빛 얼룩)이라는 표현을 사용한다. 세세한 묘사 하나라도 독자와의 공정한 두뇌 싸움이 될 수 있도록 유의하는 것이다.

거짓말하지 않고도 독자를 속이기 위해 크리스티가 주로 쓰는 방법은 다음과 같다.

(1) 거짓말은 안 쓰지만 중요한 정보도 쓰지 않는다(생략 테크닉).
(2) 중요한 힌트를 전혀 관계없고 사소한 장면 속에 숨겨둔다.
(3) 힌트를 꺼낸 직후에는 다른 대화나 장면으로 전환해 독자의 관심을 돌린다.
(4) 거짓말은 아니지만 독자가 잘못 해석할 수 있는 표현을 사용한다.

구체적인 예를 들어 설명해 보자. 이제부터는 전부 다 스포일러니까 『시태퍼드 미스터리』와 『살인은 쉽다』를 아직 다 읽지 못한 분은 잠깐 스톱.

　이 작품들은 둘 다 "그렇게 간단한 거였어?"라는 말이 나올 만큼 심플한 하나의 아이디어로 성립하는 이야기다. 게다가 조금만 유의해서 읽으면 쉽게 아이디어를 꿰뚫을 수도 있다. 그런데도 독자들이 깜빡 속아버리는 이유는 앞서 설명한 테크닉이 효과적으로 활용되었기 때문이다.

　먼저 『시태퍼드 미스터리』는 폭설이 내리는 가운데 시태퍼드 하우스 산장에서 강령술(Table Turning)[2]을 하는 장면으로 시작된다. 강령술에 참여한 사람들은 현재 다른 마을에 사는 산장의 주인 트리벨리언 대령이 살해당했다는 메시지를 듣는다. 그의

여담　테이블 터닝은 1939년 일본어 번역판 『눈보라 산장(吹雪の山莊)』(시분카쿠)에서는 '테이블 들기(テーブルもたげ)', 1952년 『산장의 비밀(山莊の秘密)』(하야카와쇼보)에서는 '곳쿠리 님(こっくりさま)'으로 번역되었다. 곳쿠리 씨(こっくりさん)는 테이블 터닝이나 위저 보드로부터 유래한 것이므로 어쨌거나 의미가 통했지만, 영국의 상류층 인사들이 곳쿠리 씨를 하고 있다니 왠지 초현실적인 느낌이 드는 것 같다.
(곳쿠리 씨는 일본의 강령술 중 하나로 국내 공포물에서도 자주 등장하는 '분신사바'와 비슷한 방식이다.-역자 주)

친우인 버너비 소령은 눈보라 때문에 위험하다는 주변의 만류를 뿌리치고 6마일(약 10킬로미터) 떨어진 대령이 사는 마을로 향하고, 두 시간 반 후, 그곳에서 살해당한 지 두세 시간이나 지난 트리벨리언의 시체를 보게 된다.

깔끔하게 스포일러부터 하자면 대령을 죽인 범인은 바로 버너비다. 그는 두 시간 반 걸려 10킬로미터를 걸어간 것처럼 정황을 꾸몄지만 사실은 스키를 타고 산기슭 마을까지 15분 만에 활강했다. 대령을 살해한 후 때를 기다렸다가, 지금 막 이상한 것을 발견한 척하면서 경찰을 부른 것이다. 참으로 심플한 트릭이다.

이 작품에서는 강령술에 앞서 버너비의 건강한 다리에 대한 에피소드를 넣어 두었다. 그는 언제나 대령이 사는 마을까지 편도 6마일, 왕복 12마일을 걸어서 오고가는 자타공인 '스포츠맨'이다. 이 대목쯤에 버너비가 스위스에서 겨울 스포츠를 즐긴다는 이야기가 나온다. 스위스의 겨울 스포츠라면 누구든지 스키를 떠올릴 것이다. 이는 상당히 큰 힌트지만, 말이 끝나기 무섭게 스케이트나 테니스로 화제를 바꾸어 독자들이 힌트를 눈치채지 못하게 만든다. 앞서 설명한 (3)번 테크닉이다.

한편 대령이 죽었다는 메시지를 듣고 버너비가 그를 보러 갔다 오겠다고 말하자, 주위 사람들은 이런 눈보라 속에서 자동차 운전은 무리라며 만류한다. 여기서 버너비는 "자동차 따위 문제가 아니에요. 이 두 다리가 데려가 주겠죠," "한 시간보다 조금 더 걸리겠지만 그래도 갈 수 있으니까 걱정 마세요."라고 말한다. 이러한 흐름 속에서 등장인물들(과 독자들)은 자연스럽게 버너비가 걸어갔으리라 예상하게 된다. '이 할아버지 대단하네'라고 생각했다면, 크리스티의 함정에 걸려든 것이다.

여기서 주의. 크리스티 문고판에서는[3] "그는 엑스햄프턴까지 걸어가기로 결심했다. 그리고 자신의 눈으로 늙은 친우의 무사를 확인하지 않고서는 견딜 수 없다며 여섯 번이나 주장하였다."는 지문이 나온다. '결심했다'의 뒤에 마침표가 찍혀 있어서 마치 이 지문이 버너비가 걸어갔다는 사실을 증명해주는 것처럼 보인다. 하지만 원문에서는 마침표가 아닌 쉼표가 찍혀 있고, '걸어가기로 결심했다'는 '여섯 번이나 주장하였다'에 걸리는 문장이었다.

제2장은 버너비가 산장을 나가는 부분에서 끝난다. 이후 제3장은 다음과 같이 시작된다.

그로부터 두 시간 반 후, 8시가 되기 직전 버너비 소령은 방풍 램프를 들고 맹렬한 눈보라를 뚫는 듯 몸을 앞으로 숙이며 트리벨리언 대령이 빌린 작은 집 '헤이즐무어'의 출입구로 통하는 좁은 길을 비틀비틀 걸었다.

눈은 대략 한 시간 전부터 내리기 시작해서 이제는 눈조차 뜨기 어려운 폭설이 되어 있었다. 버너비 소령은 완전히 녹초가 되어 숨을 크게 힐떡였다. 추위로 인해 몸은 완전히 얼어버렸다. 그는 거친 콧김을 뿜으면서 발을 굴렀고, 이윽고 곱아버린 손끝으로 초인종을 눌렀다.

제2장과 제3장 사이에 대령의 집에 도착한 버너비가 대령을 죽였고, 여러 가지 공작을 펼치지만 그 부분은 당연히 통째로 생략되어 있다. (1)번 테크닉이 발휘된 것이다. 하지만 페어플레이가 아니라고 말할 수는 없다. 위에 제시한 내용 중에 거짓말은 하나도 없으니까. 독자는 버너비가 눈보라 속에서 10킬로미터나 걸어왔다고 알고 있으니 그가 완전히 지쳐 있는 것도, 몸이 꽁꽁 얼어버린 것도 당연하다고 넘겨짚는다. 어쩌면 "눈보라 속에서 2시간 반이나 걸렸다고? 엄청 고생했겠다."라며 감탄할지도 모른다.

그러나 진실은 살인을 저질러서 피곤했던 것이고, '걸어온 첫 번째 발견자'인 척하기에 가장 적당한 때를 기다리느라 몸이 얼음장이 된 것이었다. 여기에는 (4)번 테크닉, 즉 독자가 잘못

해석하게끔 유도하는 테크닉이 쓰였다.

이 장에는 "그[버너비 소령]는 잠깐 주저했지만 이내 마음을 먹고 안[경찰서]으로 들어갔다"는 문장이 있다. 버너비가 어떤 마음을 먹었는지는 구체적으로 쓰여 있지 않으나, 독자들은 노크를 해도 반응이 없어서 잠깐 망설였겠거니 추측한다. 하지만 이때 버너비는 잠시 후 시체를 막 발견한 척 연기해야 한다는 생각에 잔뜩 긴장하고 있었다. 그가 경찰의 느린 대응에 초조해하는 묘사도 등장하는데, 언뜻 보기에는 대령을 걱정하는 마음 때문인 듯하다. 사실은 자신과 함께 얼른 시체를 발견해 줘야 하는 경찰들이 재빠르게 움직이지 않아 애가 탄 것뿐이었다. 독자들은 이러한 속사정을 나중에서야 깨닫게 된다.

이 장뿐만이 아니다. 제2장에는 버너비가 창밖의 눈을 지긋이 바라보는 장면이 있다. 대령을 걱정하는 장면처럼 보이지만 사실 버너비는 이때부터 범행 계획을 짜고 있었다.

이처럼 문장은 같은데도 두 가지 해석이 가능한 표현, 즉 '더블 미닝' 혹은 '더블엣지드 리마크'(double-edged remark)라고 불리는 수법이 제1장부터 제3장까지 빼곡이 채워져 있다.

이 작품에는 생각보다 더 쉬운 힌트들이 군데군데 뿌려져 있다. 범행 현장인 대령의 집에는 스키 두 세트가 있고(물론 한 세트는 버너비의 것이다), 산장 위에서 산기슭을 내려다보면 골짜기에 대령이 사는 마을이 보인다는 묘사도 있다. 버너비의 특기가 겨울 스포츠이고, 대령이 사는 마을은 산장에서 보이는 곳에 있으며, 대령의 집에는 여분의 스키가 있다는 단서들이 줄줄이 엮여 나온다면 누구든지 범인을 눈치챌 것이다. 그러나 이러한 정보들은 제각기 멀리 떨어진 페이지에서 은근슬쩍 제시되고 있다. (2)번 테크닉이 적용된 것이다.

로버트 바나드의 『속임수의 천재』에 따르면, 이 작품이 쓰여진 전간기 영국에서 스키는 상류층의 레저 스포츠였다고 한다. 당시 영국인들에게 스키를 교통수단으로 사용하는 것은 상당히 낯선 발상이었다. 단편소설 「쥐덫」에는 스키를 신고 눈 속을 헤쳐온 경찰관이 "스키를 타다니!"라는 말을 듣는 장면이 있다. 그 말에는 '하층계급인 경찰관 주제에'라고 내려다보는 시선이 내재해 있었던 것이다.

즉 이 작품은 스키는 교통수단이 아니라는 생각, 버너비는 걸어갔을 것이라는 고정관념, 버너비의 내면을 묘사하지 않는 서술 방식을 이용하여 독자를 함정에 빠뜨린다.

물론 동기나 인간관계 등을 이용한 다양한 속임수도 있고, 등장인물 개개인이 품은 비밀이 사태를 복잡하게 만들기도 한다. 홈즈 시리즈에 대한 오마주[4](이 작품이 간행되기 일 년 전에 코난 도일이 사망했다)도 찾아볼 수 있다. 이러한 요소들도 재미있지만,

어쨌든 주된 트릭은 '걸어간 줄 알았는데 사실은 스키를 활용했다'는 아주 심플한 아이디어다. 고작 이 정도 기술에 불과한데도 독자들은 크리스티에게 깜빡 속아 넘어간다.

사카구치 안고(坂口安吾)는 저서 『추리소설론』에서 이 작품을 극찬한 바 있다. 사카구치는 이렇게 말했다. "『눈보라 산장』 [『시태퍼드 미스터리』를 가리킴]의 트릭만큼 평범한 것은 없다. 현실적으로 가장 있을 법하고 진기하거나 이상하지 않은데도 아마 모든 독자들은 트릭을 놓치고 말 것이다."(사카구치 안고(坂口安吾, 1906-1955)는 일본의 무뢰파(無賴派) 소설가이자 평론가다. 대표작으로는 제2차 세계대전에서 패배한 직후의 일본 사회를 분석한 평론「타락론」과 소설「백치」가 있다. 그는 추리소설도 매우 좋아하여 『투수 살인 사건』, 『난킨무시 살인 사건』, 『그림자 없는 범인』 등의 추리소설을 직접 저술하기도 했다.-역자 주)

여담   『시태퍼드 미스터리』는 처음에는 오컬트 분위기로 시작하지만 그리 오래가지는 않는다. 여자 주인공인 에밀리가 밝고 행동력 있는 스타일이기 때문이다. 이러한 성격의 여자 주인공으로는 터펜스를 비롯하여 『갈색 양복의 사나이』의 앤, 『세븐 다이얼스 미스터리』의 번들 등이 있으며 대체로 밝고 즐거운 이야기로 끝맺는다.

지금부터는 『살인은 쉽다』를 살펴보자.

식민지에서 영국으로 돌아간 루크 피츠윌리엄은 런던으로 향하는 열차 안에서 핀커튼 부인[5]을 만난다. 그녀는 루크에게 자신이 사는 마을에서 연쇄살인이 일어나고 있고, 범인으로 짐작 가는 사람을 제보하러 스코틀랜드 야드에 가는 중이라고 이야기한다. 다음 날 아침, 루크는 핀커튼 부인이 뺑소니를 당해 사망했다는 사실을 알게 된다. 그녀를 저지하려고 한 연쇄살인범의 짓일까? 루크는 이 사건에 관심을 가지고 그녀가 살던 마을로 발걸음을 돌린다.

이 작품의 속임수부터 먼저 밝히겠다. 루크는 핀커튼 부인이 이야기한 '범인'을 남자라고 생각하고 마을의 남자들만 조사했지만 사실 진짜 범인은 여자였다. 이렇게만 말하면 '그게 뭐야?' 라는 생각이 들 만큼 심플하다. 그러나 독자들은 루크의 착각을 눈치채지 못한다. 여기에서 크리스티의 테크닉을 엿볼 수 있다.

다시 열차 안 대화로 돌아가면, 핀커튼 부인은 마을에서 연쇄살인이 일어나고 있다는 이야기를 들려준다. 그 직후, 과거에 있었던 (가공의)사건을 예시로 든다. 어느 독살범에 대해서 "그가 누군가를 특이한 눈빛으로 쳐다보면 상대방은 금방 병에 걸린다."는 속설이 돌았던 사건이 있었는데, 이와 비슷한 일이 자기 마을에서 일어나고 있다는 이야기로 흘러간다.

마을의 연쇄살인범은 "The look on a person's face…"(사람의 얼굴을 쳐다보는 눈빛)라는 표현으로 묘사된다. 작중에서는 "그 사람의 눈빛이……"라고 번역되어 있다. 주어는 look(눈빛)이며, 당연히 성별에 대해서는 일언반구도 없다. 하지만 방금 전 언급된 독살범이 남성, 즉 '그'였고 이와 비슷한 사건이 일어나고 있다는 대화의 흐름상 독자와 루크 모두 범인이 '그'라는 고정관념을 가지게 된다.

게다가 핀커튼 부인의 마을에서 일어난 연쇄살인 피해자들은 한 명을 제외하면 전부 남성이었고 "그[6]는 정말 좋은 사람"이라든지 "건방지고 주제넘게 나서는 소년"이라는 등 아무튼 남성을 표현하는 단어가 계속 나열된다.

물론 추리소설 마니아라면 이 정도로는 속지 않겠지만 크리스티는 더욱 과감히 테크닉을 발휘하기 시작한다.

제6장에서 피해자의 머리카락과 모자의 컬러 매치가 어색하다는 이야기가 나온다. 그때 루크는 "남자는 그런 것에 신경쓰지 않는다[즉 범인은 남자다]."고 말한다. 이어서 범인은 지붕에 올라가 창문으로 피해자의 방에 침입했고, 이런 행동이 가능하려면 남자일 것이라는 분위기로 흘러간다. 범인이 남자라는 증거가 하나둘씩 쌓여간다. 그리고 "그녀[핀커튼 부인]가 범인이라고 짐작했던 남자는 적어도 그녀와 같은 계층 사람인 것 같다."는

대사가 등장한다. 여기서 범인을 가리켜 '남자'라는 단어가 처음 사용된다. 그러나 이 대사에서는 '같은 계층'이라는 점이 더 강조되고, 범인이 남자라는 점은 가랑비에 옷 젖듯 어느샌가 기정사실화되고 만다.

더욱 교묘한 것은 이러한 내용이 제6장에서 나온다는 점이다. 핀커튼 부인이 제1장에서 처음 사건에 대해 이야기한 후로 90페이지나 지난 다음이다. 대부분의 독자들은 앞에서 핀커튼 부인이 범인을 he라고 했는지, she라고 했는지 전혀 기억하지 못한다. 실제로 he든, she든 말하지 않았으니 더욱 그렇다. 이후로도 범인의 성별에 대해서는 일절 언급되지 않는다. 제6장에서야 처음으로 범인이 패션 센스가 떨어지고 지붕에 올라갈 수 있다는 등 묘하게 남성을 연상시키는 단서들을 보여주고는, 독자가 범인의 성별에 의문을 가지기도 전에 갑자기 다른 이야기로 바뀌어 버린다.

이 작품의 범인은 웨인플리트 부인, 즉 여성이다. 그런데 왜 남성이라는 단서들이 나왔을까? 그것은 웨인플리트 부인이 남자가 범인인 것처럼 보이도록 정황을 꾸몄기 때문이다. 진범의 의도와 루크의 착오가 딱 맞아 떨어진 결과였다.

하지만 크리스티는 작품 전반에서 독자와 페어플레이를 한다. 루크는 핀커튼 부인이 살던 마을에서 브리짓이라는 여성을 만나고, 그녀가 셜록 홈즈 옆의 왓슨처럼 루크와 함께 사건을 조사하게 된다. 작중에서 루크는 그녀에게 "핀커튼 부인과의 대화 요점과 그가 위치우드로 향하는 계기가 된 그 후의 일을 간추려서 설명했다." 여기서 '요점'과 '간추려서'에 주목하자. 정확하게 전달한 것이 아니었음을 크리스티는 대놓고 말해주었다. 그렇기 때문에 나중에서야 "핀커튼 부인이 그날 기차 안에서 당신에게 무슨 이야기를 한 거예요?"라고 루크에게 물어보고 정확한 대답을 들은 브리짓이 진상을 깨닫는 전개로 이어질 수 있었던 것이다.

이 작품에서 또 하나 재미있는 부분은 루크가 진상을 알지 못한 채 진범과 대화하는 장면이다. 진짜 범인인 웨인플리트 부인은 고든 이라는 남성에게 죄를 뒤집어 씌우고자 여러 정황을 꾸미지만(이에 따라 독자들도 고든을 수상쩍게 여긴다), 당연히 루크는 그런 뒷공작을 전혀 모르고 웨인플리트 부인에게 지금까지의 상황을 자세히 이야기해 준다.

"그녀[핀커튼 부인]는 위치우드에서 기괴한 일이 일어났다고 생각했어요."

"예를 들면, 누군가가 토미 피어스를 창문으로 밀어 떨어뜨렸다는 겁니다."

웨인플리트 부인은 놀라서 눈을 크게 떴다.

"그런 일을 어떻게 알고 계신가요?"

"그녀가 제게 말해주었죠. 정확히 그렇게 말한 것은 아니지만, 대강 그런 것 같다고 전해주었어요."

웨인플리트 부인은 흥분하여 얼굴에 홍조를 띄우며 몸을 앞으로 내밀었다.

"그게 언제였죠, 피츠윌리엄 씨? [중략] 그녀가 정확히 뭐라고 이야기하던가요?"

진상을 파악한 후에 이 대목을 읽으면 웨인플리트 부인의 초조한 마음이 곧장 전해진다. 도대체 핀커튼 부인이 뭐라고 말한 걸까? 이 남자는 어디까지 알고 있는 거지? 그렇기에 그녀는 "놀라서 눈을 크게" 떴고, "흥분하여 얼굴을 붉히면서" 루크에게 바짝 다가간 것이다. 하지만 처음 읽는 단계에서는 그저 새로운 정보에 호기심이 동한 것처럼 보일 뿐이다.

"범인이 누구인지, 그녀가 당신에게 말해주었나요?"

"눈빛이 특이한 남자라고 합니다." 루크는 덤덤하게 말했다. "그녀의 말에 따르면, 보자마자 바로 알 수 있는 눈빛이라고 하더군요. 그 남자가 험블비와 이야기하고 있을 때 그 눈빛을 봤다고 하네요. 그러니 다음번 희생자는 분명 험블비일 거라고, 그렇게 말했습니다."

"그리고 그 말대로 되었다는 거로군요. 이런, 놀랍네요."

웨인플리트 부인은 의자에 몸을 깊숙이 기댔다. 그녀의 눈에 두려움이 감돌았다.

웨인플리트 부인의 심정을 상상해 보자. 핀커튼 부인이 루크에게 자신을 범인으로 지목한 것은 아닐지 가슴 졸이면서 "범인이 누구인지, 그녀가 당신에게 말해주었나요?"라고 물었더니 범인은 '남자'라는 답이 돌아왔다. 그전까지 잔뜩 겁 먹고 있었지만 '남자'라는 한 마디를 듣고는 사르르 긴장이 풀리지 않았을까? 그래서 "의자에 몸을 깊숙이 기댔"던 것이다. "그녀의 눈에 두려움이 감돌았"던 이유는 살인범에 대한 공포가 아니라 자신이 범인임을 알고 있을지도 모른다는 공포 때문이었다.

다른 장면에서 루크는 웨인플리트 부인에게 토머스와 애벗 중 한 명이 범인인 것 같다고 털어놓는다. 둘 중 누가 더 수상한 것 같냐는 그의 물음에 웨인플리트 부인은 다음과 같은 반응을 보인다.

그녀의 눈에 루크를 혼란스럽게 하는 표정이 떠올랐다. 그 표정은 확실히 파악하기 힘든 무언가와 밀접한 관련이 있는 듯한 조바심을 드러내고 있었다.

그녀는 말했다.

"난 아무 말도 할 수 없어요."

그녀는 한숨 같기도 하고 흐느껴 우는 것 같기도 한 기묘한 소리를 내면서 휙 돌아섰다.

처음 읽을 때는 공포스러운 연쇄살인의 용의자로 지인의 이름이 호명되자 적잖이 당황한 모습처럼 보인다. 하지만 사실은 전혀 다르다. 처음부터 웨인플리트 부인의 목적은 고든에게 죄를 뒤집어씌우는 것이었다. 그녀의 속도 모르고 루크는 자신만만하게 토머스 아니면 애벗이라고 추리한다. 실망감이 몰려올 수밖에 없다. 고든을 범인으로 지목할 수 있도록 모든 정황을 꾸며놨더니만 정작 루크는 단 하나의 '떡밥'도 물지 않은 것이다. 그간 자신의 노력이 허무해지고 루크를 바보라고 생각했을지도 모른다. 그녀가 한숨 섞인 소리와 함께 돌아선 이유도 여기에 있다. "난 아무 말도 할 수 없어요."는 '내 알 바 아니거든요'의 돌려말하기였다.

처음에는 범인의 심정이 좀처럼 손에 잡히지 않지만, 다시 읽을 때는 손바닥 위에 놓인 듯 훤히 내다보인다. 분명 같은 장면과 대사임에도 처음 읽었을 때와는 완전히 다른 의미로 읽히기 때문이다. 그것이 크리스티의 주특기인 '더블 미닝'이 선사하는 재미라 할 수 있다.

하지만 크리스티는 이런 세세한 부분까지 하나하나 설명해

여담 작중에서 골동품상 엘스워시는 게이로 묘사된다. 번역판에서는 직접적으로 언급되지 않아 모호하지만, 원문으로 읽으면 그를 마녀 취급하거나 "Miss Nancy"라고 부르는 장면이 나오는 등 명확하게 드러난다. 번역판의 "너무 계집애 같아서"라는 표현이 그나마 노골적으로 묘사한 것이라 할 수 있다. 이러한 부정적·비하적 표현이 쓰인 이유는 이 작품이 쓰인 1930년대 영국에서 동성애가 위법 행위였기 때문이다. 물론 그렇다고 해서 그가 살인범인 것은 아니다. ("너무 계집애 같아서"는 황금가지판 『살인은 쉽다』 중에서 호튼 소령이 엘스워시에 대하여 말하는 대사 중 일부다. 한국어 번역판의 표현을 그대로 인용하였음을 밝힌다.-역자 주)

브리짓이 루크에게 "내가 좋아하냐고 말했잖아요, 루크. 사랑하냐고 물은 게 아니라."라고 다그치는 장면이 있다. love냐 like냐를 묻는 한편, 브리짓은 짧게 불타고 끝나버리는 love보다 오래 지속되는 like이기를 내심 바란다. 그녀의 질문에 대한 루크의 마지막 대답이 일품이다. "Now—we'll begin to Live…" 문장 중간에 나왔는데도 Live가 대문자로 시작하는 것은 Like와 Love를 합쳐 표현했기 때문이다. 즉 루크는 "love와 like 둘 다입니다!"라고 고백한 것이다.

주지 않는다. 다시 읽어보는 독자만이 음미할 수 있는 재미인 것이다. 미스터리는 범인이나 트릭을 알면 끝이니 다시 읽을 필요가 없다고 생각하신다면, 부디 크리스티의 작품으로 다시 읽기의 재미에 도전해 보시길 바란다. 개인적으로 크리스티의 작품은 다시 읽었을 때가 훨씬 더 재미있다. 처음에는 예상 밖의 전개와 범인, 정교하고 치밀한 복선에 놀란다면, 다시 읽을 때는 크리스티가 어떻게 독자들을 함정으로 이끌었는지 되짚어 가면서 두 번 놀랄 것이다. 처음 읽을 때와 전혀 다른 이야기가 수면 위로 모습을 드러낼 때의 그 전율을 직접 느껴 보시길.

1 그중에서는 대놓고 진상을 써 놨는데도 독자가 제멋대로 잘못 쓴 것이라 오해하여 지나쳐 버리는 경우도 있다.

2 '테이블 터닝(Table Turning)'이란 참여자 전원이 테이블 위에 손을 얹고, 유령이 와서 테이블이 움직이면 그 소리로부터 메시지를 읽어낼 수 있다는 일종의 강령술이다. 이는 나중에 '위저 보드(Ouija Board)'라는 유령과의 의사소통 도구로 변화했다. 그 밖에 강령술이 등장하는 크리스티의 작품으로는 「붉은 신호」, 「마지막 강신술」(둘 다 『검찰 측의 증인』 수록) 등이 있다.

3 소겐추리문고판에서는 한 문장으로 번역되어 있다.

4 코난 도일이나 홈즈의 이름이 나올 뿐 아니라, 작중 배경이 된 장소가 다트무어(Dartmoor)고, 탈옥수가 근처에 숨어 있다든지 문 쪽에서 개가 짖어서 등장인물을 놀라게 하는 점 등 홈즈 시리즈의 유명한 모 작품에 대한 오마주가 눈에 띈다.

5 마을 내 사건을 전해주는 핀커튼 부인의 이름을 듣고 루크는 "잘 어울리는 이름"이라고 말한다. 미국의 유명한 탐정사무소이자 보안업체인 '핀커튼 탐정사무소'를 연상시키는 이름이기 때문이다.

6 그·그녀·그 사람이라는 인칭대명사에도 주의할 필요가 있다. 등장인물이 '그'라고 말했을 때, 독자가 상상하는 '그'와 화자가 의도한 '그'가 사실은 다른 인물이었다는 전개도 크리스티가 자주 사용하는 수법이다. 가장 기본적인 더블엣지드 리마크의 사례라고 할 수 있다.

7 이 작품에는 여러 등장인물이 살해당하지만 그들 사이의 공통점을 알 수 없다는 점에서 미싱 링크물 분위기도 가미되어 있다. 개별 피해자에 대한 살해 동기를 가진 사람을 조사할 때, 오직 고든만 한 번도 이름이 나오지 않는다. 여기서 추리소설 마니아들은 고든의 이름만 거론되지 않는 점에 의아함과 수상함을 느끼게 된다. 하지만 그것이 바로 크리스티(와 진범)의 목표다.

참고문헌

서적

『*Agatha Christie's Poirot: The Greatest Detective in the World*』, Marke Aldridge, 2020, HarperCollins Publishers Ltd.

『*Agatha Christie: First Lady of Crime*』, H. R. F Keating, 2020, Weidenfeld & Nicolson

『*The Life and Crimes of Agatha Christie*』, Charles Osborne, 1983, Holt Rinehart & Winston

『신판 애거사 크리스티 독본』, H. R. F. 키팅 외 저, 1990년 하야카와쇼보

『애거사 크리스티 자서전』(상하), 애거사 크리스티 저, 이누이 신이치로 역, 2004년 하야카와쇼보 크리스티 문고

『푸아로와 나 - 데이비드 수셰이 자서전』, 데이비드 수셰이·제프리 완셀 저, 다카오 나쓰코 역, 2022년 하라쇼보

『속임수의 천재 - 애거사 크리스티 창작의 비밀』, 로버트 바나드 저, 고이케 시게루·나카노 고지 역, 1982년 히데부미 인터내셔널

『애거사 크리스티 대사전』, 매튜 번슨 저, 사사다 히로코·로저 프라이어 역, 2010년 슈후샤

『애거사 크리스티의 생애』(상하), 자넷 모건 저, 후카마치 마리코·우사가와 아키코 역, 1987년 하야카와쇼보

『미스터리 핸드북 애거사 크리스티』, 딕 라일리·팜 매캘리스터 편, 모리 히데토시 감역, 1999년 하라쇼보

『애거사 크리스티의 비밀』, 그웬 로빈스 저, 요시노 미에코 역, 1980년 도쿄소겐샤

『애거사 크리스티의 대영제국 명작 미스터리와 「관광」의 시대』, 아즈마 히데키 저, 2017년 지쿠마쇼보

『애거사 크리스티 완전공략』, 시모쓰키 아오이 저, 2018년 하야카와쇼보 크리스티 문고

『난시 독자의 귀환』, 와카시마 다다시 저, 2001년 미스즈쇼보

논문

『애거사 크리스티 작품에서의 언어 트릭 -관련성 이론에 의한 탐정소설의 다중해석 분석-』, 나카무라 지사코 저, 2021년 고베대학 대학원 국제문화학연구과 박사논문

WEB

The Home of Agatha Christie(https://www.agathachristie.com/)

Delicious Death 애거사 크리스티 작품 데이터베이스(https://www.deliciousdeath.com/indexj.html)

애거사 크리스티 저작 일람

《범례》

* 첫 간행연도(장편), 첫 등장연월(단편)/원제/장편 번역판 제목=『』, 단편·중편 번역판 제목
  =『』 및 수록 단편집 제목=『』. 각 번역판 제목의 앞에 출판사명 또는 레이블명·게재지
  명을 ( )에 넣어서 표시(소겐추리문고판=소겐, 하야카와쇼보 크리스티 문고판=하야카와), 출판사명
  은 ∥으로 나누어 표시하였다/시리즈 탐정(에르퀼 푸아로 시리즈=푸아로, 토미&터펜스 시리즈=
  토미&터펜스, 미스 마플 시리즈=마플, 배틀 총경 시리즈=배틀, 파커 파인 시리즈=파인, 할리퀸 시리즈=퀸)/
  ※=비고
* 장편의 원제는 영국판 제목을 기재하고, 미국판 제목과 다른 것은 비고에 추가했다.
* 희곡은 번역판 제목이 있는 작품만 첫 간행연도순으로 기재했다.

장편

1   1920년/*The Mysterious Affair at Styles*/(황금가지)『스타일스 저택의 괴사건』∥(해문)
    『스타일스 저택의 죽음』/푸아로

2   1922년/*The Secret Adversart*/(황금가지)『비밀 결사』∥(해문)『비밀결사』/토미&터펜스

3   1923년/*Murder on the Links*/(황금가지)『골프장 살인 사건』∥(해문)『골프장 살인사
    건』/푸아로

4   1924년/*The Man in the Brown Suit*/(황금가지)『갈색 양복의 사나이』∥(해문)『갈색
    옷을 입은 사나이』

5   1925년/*The Secret of Chimneys*/(황금가지)『침니스의 비밀』∥(해문)『침니스의 비밀』/
    배틀

6   1926년/*The Murder of Roger Ackroyd*/(황금가지)『애크로이드 살인 사건』∥(해문)『애
    크로이드 살인사건』/푸아로

7   1927년/*The Big Four*/(황금가지)『빅 포』∥(해문)『빅 포』/푸아로

8   1928년/*The Mystery of the Blue Train*/(황금가지)『블루 트레인의 수수께끼』∥(해문)
    『푸른 열차의 죽음』/푸아로

9   1929년/*The Seven Dials Mystery*/(황금가지)『세븐 다이얼스 미스터리』∥(해문)『세븐
    다이얼스 미스터리』/배틀

10 1930년/*The Murder at the Vicarage*/(황금가지)『목사관의 살인』∥(해문)『목사관 살
    인사건』/마플

11 1931년/*The Sittaford Mystery*/(황금가지)『시태퍼드 미스터리』∥(해문)『헤이즐무어

살인사건』/배틀

12 1932년/*Peril at End House*/(황금가지)『엔드하우스의 비극』 // (해문)『엔드하우스의 비극』/푸아로

13 1933년/*Lord Edgware Dies*/(황금가지)『에지웨어 경의 죽음』 // (해문)『13인의 만찬』/푸아로/※미국판 *Thirteen at Dinner*

14 1934년/*Murder on the Orient Express*/(황금가지)『오리엔트 특급 살인』 // (해문)『오리엔트 특급 살인』/푸아로/※미국판 *Murder in the Calais Coach*

15 1934년/*Why Didn't They Ask Evans?*/(황금가지)『왜 에번스를 부르지 않았지?』 // (해문)『부머랭 살인사건』/※미국판 *The Boomerang Clue*

16 1934년/*Three Act Tragedy*/(황금가지)『3막의 비극』 // (해문)『3막의 비극』/푸아로/※미국판 *Murder in Three Acts*는 1934년 간행, 원제로 표시한 영국판은 1935년 발행

17 1935년/*Death in the Clouds*/(황금가지)『구름 속의 죽음』 // (해문)『구름 속의 죽음』/푸아로/※미국판 *Death in the Air*

18 1936년/*The ABC Murders*/(황금가지)『ABC 살인 사건』 // (해문)『ABC 살인사건』/푸아로/※미국판 *The Alphabet Murders*

19 1936년/*Murder in Mesopotamia*/(황금가지)『메소포타미아의 살인』 // (해문)『메소포타미아의 죽음』/푸아로

20 1936년/*Cards on the Table*/(황금가지)『테이블 위의 카드』 // (해문)『테이블 위의 카드』/푸아로, 배틀

21 1937년/*Dumb Witness*/(황금가지)『벙어리 목격자』 // (해문)『벙어리 목격자』/※미국판 *Poirot Loses a Client*

22 1937년/*Death on the Nile*/(황금가지)『나일 강의 죽음』 // (해문)『나일강의 죽음』/푸아로

23 1938년/*Appointment with Death*/(황금가지)『죽음과의 약속』 // (해문)『죽음과의 약속』/푸아로

24 1938년/*Hercule Poirot's Christmas*/(황금가지)『푸아로의 크리스마스』 // (해문)『크리스마스 살인』/푸아로

25 1939년/*Murder is Easy*/(황금가지)『살인은 쉽다』 // (해문)『위치우드 살인사건』/배틀/※미국판 *Easy to Kill*

26 1939년/*Ten Little Niggers*, 개정판 제목 *And Then There Were None*/(황금가지)『그리고 아무도 없었다』 // (해문)『그리고 아무도 없었다』/※미국판 *And Then There Were None*

27 1940년/*Sad Cypress*/(황금가지)『슬픈 사이프러스』 // (해문)『삼나무 관』/푸아로

28 1940년/*One, Two, Buckle My Shoe*/(황금가지)『하나, 둘, 내 구두에 버클을 달아라』 // (해문)『애국살인』/푸아로/※미국판 *The Patriotic Murders*

29 1941년/*Evil under the Sun*/(황금가지)『백주의 악마』 // (해문)『백주의 악마』/푸아로

30 1941년/*N or M?*/(황금가지)『N 또는 M』 // (해문)『N 또는 M』/토미&터펜스

31 1942년/*The Body in the Library*/(황금가지)『서재의 시체』//(해문)『서재의 시체』/마플

32 1943년/*Five Little Pigs*/(황금가지)『다섯 마리 아기 돼지』//(해문)『회상 속의 살인』/푸아로/※미국판 *Murder in Retrospect*

33 1943년/*The Moving Finger*/(황금가지)『움직이는 손가락』//(해문)『움직이는 손가락』/배틀

34 1944년/*Toward Zero*/(황금가지)『0시를 향하여』//(해문)『0시를 향하여』/배틀

35 1944년/*Death Comes as the End*/(황금가지)『마지막으로 죽음이 오다』//(해문)『마지막으로 죽음이 온다』

36 1945년/*Sparkling Cyanide*/(황금가지)『빛나는 청산가리』//(해문)『잊을 수 없는 죽음』/※미국판 *Remembered Death*

37 1946년/*The Hollow*/(황금가지)『할로 저택의 비극』//(해문)『할로 저택의 비극』/푸아로/※미국판 *Murder After Hours*

38 1948년/*Taken at the Flood*/(황금가지)『파도를 타고』//(해문)『파도를 타고』/푸아로/※미국판 원제 *There is a Tide…*

39 1949년/*Crooked House*/(황금가지)『비뚤어진 집』//(해문)『비뚤어진 집』

40 1950년/*A Murder is Announced*/(황금가지)『살인을 예고합니다』//(해문)『예고 살인』/마플

41 1951년/*They Came to Baghdad*/(황금가지)『그들은 바그다드로 갔다』//(해문)『바그다드의 비밀』

42 1952년/*Mrs McGinty's Dead*/(황금가지)『맥긴티 부인의 죽음』//(해문)『맥긴티 부인의 죽음』/푸아로/※미국판 *Blood Will Tell*

43 1952년/*They Do It with Mirrors*/(황금가지)『마술 살인』//(해문)『마술 살인』/마플/※미국판 *Murder with Mirrors*

44 1953년/*After the Funeral*/(황금가지)『장례식을 마치고』//(해문)『장례식을 마치고』/푸아로/※미국판 *Funerals are Fatal*

45 1953년/*A Pocket Full of Rye*/(황금가지)『주머니 속의 호밀』//(해문)『주머니 속의 죽음』/마플

46 1954년/*Destination Unknown*/(황금가지)『목적지 불명』//(해문)『죽음을 향한 발자국』/※미국판 *So Many Steps to Death*

47 1955년/*Hickory, Dickory, Dock*/(황금가지)『히코리 디코리 독』//(해문)『히코리 디코리 살인』/푸아로/※미국판 *Hickory, Dickory, Death*

48 1956년/*Dead Man's Folly*/(황금가지)『죽은 자의 어리석음』//(해문)『죽은 자의 어리석음』/푸아로

49 1957년/*4.50 from Paddington*/(황금가지)『패딩턴발 4시 50분』//(해문)『패딩턴발 4시 50분』/마플/※미국판 *What Mrs.McGillicuddy Saw!*

50 1958년/*Ordeal by Innocence*/(황금가지)『누명』//(해문)『누명』

필명 메리 웨스트매컷으로 발표된 장편

희곡

1. 1934년/*Black Coffee*/(하야카와) 「블랙 커피」「블랙 커피」
2. 1944년/*Ten Little Niggers*/(론소샤) 「열 명의 작은 인디언」「열 명의 작은 인디언」/※『그리고 아무도 없었다』의 희곡 버전
3. 1952년/*The Hollow*/(『하야카와 미스터리 매거진』 2010년 4월호) 「할로 저택의 비극」
4. 1954년/*The Mousetrap*/(하야카와) 『쥐덫』/※『쥐덫(Three Blind Mice)』의 희곡 버전
5. 1954년/*Witness for the Prosecution*/(하야카와) 『검찰 측의 증인』
6. 1956년/*Appointment with Death*/(론소샤) 「죽음과의 약속」「열 명의 작은 인디언」
7. 1957년/*Spider's Web*/(하야카와) 『거미줄』
8. 1958년/*Verdict*/(하야카와) 「평결」「블랙 커피」
9. 1958년/*The Unexpected Guest*/(하야카와) 『초대받지 못한 손님』
10. 1960년/*Go Back for Murder*/(코분샤분코) 『살인을 한 번 더』/※『다섯 마리 아기 돼지』의 희곡 버전
11. 1963년/*Rule of Three*/(하야카와) 『해변의 오후』
12. 1973년/*Akhnaton*/(하야카와) 『아크나톤』
13. 2017년/*The Stranger*/(『하야카와 미스터리 매거진』, 2023년 7월호) 「낯선 사람」/※『필로멜 코티지』의 희곡 버전
14. 2017년/*Fiddlers Three*/(『하야카와 미스터리 매거진』, 2022년 3월호) 「세 명의 사기꾼」

기타

1. 1946년/*Come, tell me how you live*/(하야카와) 『자, 너의 일상을 말해주렴』
2. 1965년/*Star over Bethlehem*/(하야카와) 『베들레헴의 별』
3. 1977년/*An Autobiography*/(황금가지) 『애거서 크리스티 자서전』

단편·중편

1. 1923년 3월/"The Affair at the Victory Ball"/(황금가지) 「빅토리 무도회 사건」「빅토리 무도회 사건」//(해문) 「승전무도회 사건」『패배한 개』/푸아로
2. 1923년 3월/"The King of Clubs"/(황금가지) 「클로버 킹」『빅토리 무도회 사건』//(해문) 「클럽의 킹」『패배한 개』/푸아로
3. 1923년 3월/"The Jewel Robbery at the Grand Metropolitan"/(황금가지) 「그랜드 메트로폴리탄 호텔 보석 도난 사건」『푸아로 사건집』//(해문) 「그랜드 메트로폴리턴 호텔의 보석도난사건」『포와로 수사집』/푸아로
4. 1923년 3월/"The Disappearance of Mr Davenheim"/(황금가지) 「대번하임 씨의 실

23   1923년 11월/"The Adventure of the Clapham Cook"/(황금가지) 「클래펌 요리사의 모험」「빅토리 무도회 사건」/ (해문) 「플래핑 요리사의 비밀」「리가타 미스터리」/푸아로

24   1923년 12월/"The Clergyman's Daughter"/(황금가지) 「목사의 딸」「부부 탐정」/ (해문) 「목사의 딸」「부부 탐정」/토미&터펜스

25   1923년 12월/"The Red House"/(황금가지) 「레드 하우스」「부부 탐정」/ (해문) 「레드 하우스」「부부 탐정」/토미&터펜스/※(하야카와)에서는 원서의 2부 구성을 하나의 단편으로 묶었다.

26   1923년 12월/"Christmas Adventure"/(황금가지) 「크리스마스 모험」「빛이 있는 동안」

27   1923년 12월/"The Double Clue"/(황금가지) 「이중 단서」「빅토리 무도회 사건」/ (해문) 「이중 단서」「죽음의 사냥개」/푸아로

28   1923년 12월/"The Lemesurier Inheritance"/(황금가지) 「르미서리어 가문의 상속」「빅토리 무도회 사건」/ (해문) 「르미서리어 가문의 상속」「패배한 개」/푸아로

29   1924년 2월/"The Girl in the Train"/(황금가지) 「기차를 탄 여자」「리스터데일 미스터리」/ (해문) 「기차에서 만난 아가씨」「리스터데일 미스터리」

30   1924년 3월/"The Coming of Mr Quin"/(황금가지) 「퀸의 방문」「신비의 사나이 할리퀸」/ (해문) 「퀸의 등장」「수수께끼의 할리퀸」/퀸

31   1924년 4월/"While the Light Lasts"/(황금가지) 「빛이 있는 동안」「빛이 있는 동안」

32   1924년 6월/"The Red Signal"/(황금가지) 「붉은 신호」「검찰 측의 증인」/ (해문) 「붉은 신호등」「검찰 측의 증인」

33   1924년 7월/"The Mystery if the Blue Jar"/(황금가지) 「푸른색 항아리의 비밀」「검찰 측의 증인」/ (해문) 「청자의 비밀」「검찰 측의 증인」

34   1924년 8월/"Jane in Search of a Job"/(황금가지) 「제인은 구직 중」「리스터데일 미스터리」/ (해문) 「취직 자리를 찾는 제인」「리스터데일 미스터리」

35   1924년 8월/"Mr Eastwood's Adventure"/(황금가지) 「이스트우드 씨의 어드벤처」「리스터데일 미스터리」/ (해문) 「이스트우드의 모험」「리스터데일 미스터리」

36   1924년 9월/"A Fairy in the Flat"/(황금가지) 「아파트의 요정」「부부 탐정」/ (해문) 「아파트에 나타난 요정」「부부 탐정」/토미&터펜스

37   1924년 9월/"A Pot of Tea"/(황금가지) 「차 한 잔」「부부 탐정」/ (해문) 「차라도 한잔」「부부 탐정」/토미&터펜스

38   1924년 10월/"The Affair of the Pink Pearl"/(황금가지) 「사라진 분홍 진주」「부부 탐정」/ (해문) 「분홍색 진주 사건」「부부 탐정」/푸아로

39   1924년 10월/"The Adventure of the Sinister Stranger"/(황금가지) 「불길한 고객」「부부 탐정」/ (해문) 「이상한 불청객 사건」「부부 탐정」/토미&터펜스

40   1924년 10월/"Finessing the King"/(황금가지) 「킹을 조심할 것」「부부 탐정」/ (해문) 「킹을 조심할 것」「부부 탐정」/토미&터펜스

41 1924년 10월/"The Gentleman Dressed in Newspaper"/(황금가지)「신문지 옷을 입은 신사」『부부 탐정』∥(해문)「신문지 옷을 입은 사나이」『부부 탐정』/토미&터펜스

42 1924년 10월/"The Case of the Missing Lady"/(황금가지)「사라진 여자」『부부 탐정』∥(해문)「부인 실종사건」『부부 탐정』/토미&터펜스

43 1924년 10월/"The Sunningdale Mystery"/(황금가지)「서닝데일 사건」『부부 탐정』∥(해문)「서닝데일의 수수께끼」『부부 탐정』/토미&터펜스

44 1924년 10월/"The Shadow on the Glass"/(황금가지)「유리창에 비친 그림자」『신비의 사나이 할리퀸』∥(해문)「유리창에 비친 그림자」『수수께끼의 할리퀸』/퀸

45 1924년 11월/"Blindman's Bluff"/(황금가지)「장님 놀이」『부부 탐정』∥(해문)「장님 놀이」『부부 탐정』/토미&터펜스

46 1924년 11월/"The Crackler"/(황금가지)「지폐 위조단을 검거하라」『부부 탐정』∥(해문)「위조지폐범을 찾아라」『부부 탐정』/토미&터펜스

47 1924년 11월/"The House of Lurking Death"/(황금가지)「죽음이 깃든 집」『부부 탐정』∥(해문)「죽음이 숨어 있는 집」『부부 탐정』/토미&터펜스

48 1924년 11월/"The Ambassador's Boots"/(황금가지)「대사의 구두」『부부 탐정』∥(해문)「대사의 구두」『부부 탐정』/토미&터펜스

49 1924년 11월/"Philomel Cottage"/(황금가지)「필로멜 코티지」『리스터데일 미스터리』∥(해문)「나이팅게일 커티지 별장」『검찰 측의 증인』

50 1924년 12월/"The Man in the Mist"/(황금가지)「안개 속의 남자」『부부 탐정』∥(해문)「안개 속의 남자」『부부 탐정』/토미&터펜스

51 1924년 12월/"The Man Who Was No. 16"/(황금가지)「16호였던 사나이」『부부 탐정』∥(해문)「16호였던 남자」『부부 탐정』/토미&터펜스

52 1924년 12월/"The Manhood of Edward Robinson"/(황금가지)「진짜 사나이, 에드워드 로빈슨」『리스터데일 미스터리』∥(해문)「에드워드 로빈슨은 사나이다」『리스터데일 미스터리』

53 1925년 1월/"The Witness for the Prosecution"/(황금가지)「검찰 측의 증인」『검찰 측의 증인』∥(해문)「검찰 측의 증인」『검찰 측의 증인』

54 1925년 7월/"The Sign in the Sky"/(황금가지)「하늘에 그려진 형상」『신비의 사나이 할리퀸』∥(해문)「창공에 나타난 징조」『수수께끼의 할리퀸』/퀸

55 1925년 10월/"Within a Wall"/(황금가지)「벽 속에서」『빛이 있는 동안』

56 1925년 11월/"At the 'Bells and Motley'"/(황금가지)「어릿광대 여관」『신비의 사나이 할리퀸』∥(해문)「'어릿광대 집'에서」『수수께끼의 할리퀸』/퀸

57 1925년 12월/"The Fourth Man"/(황금가지)「네 번째 남자」『검찰 측의 증인』∥(해문)「네 번째 남자」『검찰 측의 증인』

58 1925년 12월/"The Listerdale Mystery"/(황금가지)「리스터데일 미스터리」『리스터데일 미스터리』∥(해문)「리스터데일 경의 수수께끼」『리스터데일 미스터리』

59   1926년 1월/"The House of Dream"/(황금가지)「꿈의 집」『빛이 있는 동안』

60   1926년 2월/"SOS"/(황금가지)「SOS」『검찰 측의 증인』// (해문)「SOS」『검찰 측의 증인』

61   1926년 3월/"Magnolia Blossom"/(황금가지)「활짝 핀 목련 꽃」『리스터데일 미스터리』// (해문)「목련꽃」『죽음의 사냥개』

62   1926년 3월/"Wireless"/(황금가지)「라디오」『검찰 측의 증인』// (해문)「유언장의 행방」『검찰 측의 증인』

63   1926년 4월/"The Under Dog"/(황금가지)「약자」『크리스마스 푸딩의 모험』// (해문)「패배한 개」『패배한 개』/푸아로

64   1926년 7월/"The Rajah's Emerald"/(황금가지)「라자의 에메랄드」『리스터데일 미스터리』// (해문)「라자의 에메랄드」『리스터데일 미스터리』

65   1926년 7월/"The Lonely God"/(황금가지)「외로운 신」『빛이 있는 동안』

66   1926년 9월/"Swan Song"/(황금가지)「백조의 노래」『리스터데일 미스터리』// (해문)「마지막 공연」『리스터데일 미스터리』

67   1926년 10월/"The Love Detectives"/(황금가지)「사랑의 탐정」『쥐덫』// (해문)「연애탐정」『쥐덫』/퀸

68   1926년 11월/"The Soul of the Croupier"/(황금가지)「카지노 딜러」『신비의 사나이 할리퀸』// (해문)「도박사의 영혼」『수수께끼의 할리퀸』/퀸

69   1926년 11월/"The World's End"/(황금가지)「세상의 끝」『신비의 사나이 할리퀸』// (해문)「세상의 끝」『수수께끼의 할리퀸』/퀸

70   1926년 11월/"The Last Seance"/(황금가지)「마지막 강신술」『검찰 측의 증인』// (해문)「마지막 심령술 모임」『리가타 미스터리』

71   1926년 12월/"The Voice in the Dark"/(황금가지)「어둠 속의 목소리」『신비의 사나이 할리퀸』// (해문)「어둠의 목소리」『수수께끼의 할리퀸』/퀸

72   1927년 2월/"The Edge"/(황금가지)「칼날」『빛이 있는 동안』

73   1927년 4월/"The Face of Helen"/(황금가지)「헬렌의 얼굴」『신비의 사나이 할리퀸』// (해문)「헬렌의 얼굴」『수수께끼의 할리퀸』/퀸

74   1927년 5월/"Harlequin's Lane"/(황금가지)「할리퀸의 오솔길」『신비의 사나이 할리퀸』// (해문)「할리퀸의 길」『수수께끼의 할리퀸』/퀸

75   1927년 12월/"The Tuesday Night Club"/(황금가지)「화요일 밤 모임」『열세 가지 수수께끼』// (해문)「화요일 밤의 모임」『화요일 클럽의 살인』/마플

76   1928년 1월/"The Idol House of Astarte"/(황금가지)「아스타르테의 신당」『열세 가지 수수께끼』// (해문)「애스타트 신상의 집」『화요일 클럽의 살인』/마플

77   1928년 2월/"Ingots of Gold"/(황금가지)「금괴」『열세 가지 수수께끼』// (해문)「금괴들」『화요일 클럽의 살인』/마플

78   1928년 3월/"The Bloodstained Pavement"/(황금가지)「피로 물든 보도」『열세 가지 수수께끼』// (해문)「피묻은 포도」『화요일 클럽의 살인』/마플

97   1930년 5월/"The Affair at the Bungalow"/(황금가지) 「방갈로에서 생긴 일」『열세 가지 수수께끼』// (해문) 「방갈로에서 생긴 일」『화요일 클럽의 살인』/마플

98   1930년 5월/"Manx Gold"/(황금가지) 「맨 섬의 황금」『빛이 있는 동안』

99   1930년 11월/"Death by Drowning"/(황금가지) 「익사」『열세 가지 수수께끼』// (해문) 「익사」『화요일 클럽의 살인』/마플

100 1930년/"The Bird with the Broken Wing"/(황금가지) 「날개 부러진 새」『신비의 사나이 할리퀸』// (해문) 「날개 부러진 새」『수수께끼의 할리퀸』/퀸/※첫 등장연도 불명인 관계로 처음 수록된 서적의 간행연도를 기재함

101 1932년 1월/"The Mystery of the Baghdad Chest"/(황금가지) 「바그다드 궤짝의 수수께끼」『빛이 있는 동안』

102 1932년 6월/"The Second Gong"/(황금가지) 「두 번째 종소리」『크리스마스 푸딩의 모험』// (해문) 「두 번째 종소리」『검찰 측의 증인』/푸아로

103 1932년 8월/"The Case of the Discontented Soldier"/(황금가지) 「불망스러운 군인」『파커 파인 사건집』// (해문) 「불만에 찬 군인」『명탐정 파커 파인』/파인

104 1932년 8월/"The Case of the Distressed Lady"/(황금가지) 「괴로워하는 여인」『파커 파인 사건집』// (해문) 「절망에 빠진 부인」『명탐정 파커 파인』/파인

105 1932년 8월/"The Case of the Discontented Husband"/(황금가지) 「불행한 남편」『파커 파인 사건집』// (해문) 「불만에 빠진 남편」『명탐정 파커 파인』/파인

106 1932년 8월/"The Case of the City Clerk"/(황금가지) 「회사원」『파커 파인 사건집』// (해문) 「도시 사무원」『명탐정 파커 파인』/파인

107 1932년 8월/"The Case of the Rich Woman"/(황금가지) 「부유한 미망인」『파커 파인 사건집』// (해문) 「부유한 부인」『명탐정 파커 파인』/파인

108 1932년 9월/"Problem at Pollensa Bay"/(황금가지) 「폴렌사 만의 사건」『검찰 측의 증인』// (해문) 「폴렌사 만의 사건」『리가타 미스터리』/파인

109 1932년 10월/"The Case of the Middle-aged Wife"/(황금가지) 「중년 부인」『파커 파인 사건집』// (해문) 「중년 부인」『명탐정 파커 파인』/파인

110 1933년 4월/"Have You Gat Everything You Want?"/(황금가지) 「원하는 것을 다 가졌습니까?」『파커 파인 사건집』// (해문) 「원하는 것 모두를 얻으셨나요?」『명탐정 파커 파인』/파인

111 1933년 4월/"The House at Shiraz"/(황금가지) 「시라즈의 집」『파커 파인 사건집』// (해문) 「시라즈의 저택」『명탐정 파커 파인』/파인

112 1933년 4월/"Death on the Nile"/(황금가지) 「나일 강 살인 사건」『파커 파인 사건집』// (해문) 「나일 강의 죽음」『명탐정 파커 파인』/파인

113 1933년 4월/"The Oracle at Delphi"/(황금가지) 「델포이의 신탁」『파커 파인 사건집』// (해문) 「델피의 신탁」『명탐정 파커 파인』/파인

114 1933년 6월/"The Gate of Baghdad"/(황금가지) 「바그다드의 문」『파커 파인 사건집』

리스마스 푸딩의 모험』/푸아로

131 1937년/"Dead Man's Mirror"/(황금가지)「죽은 자의 거울」『뮤스가의 살인』//(해문)
「죽은 자의 거울」『죽은 자의 거울』/푸아로

132 1939년 9월/"The Learnean Hydra"/(황금가지)「레르네의 히드라」『헤라클레스의 모
험』//(해문)「레르네의 히드라」『헤라클레스의 모험』/푸아로

133 1939년 9월/"The Stymphalean Birds"/(황금가지)「스팀팔로스의 새」『헤라클레스의
모험』//(해문)「스팀팔로스의 새」『헤라클레스의 모험』/푸아로

134 1939년 9월/"The Cretan Bull"/(황금가지)「크레타의 황소」『헤라클레스의 모험』//(해
문)「크레타 섬의 황소」『헤라클레스의 모험』/푸아로

135 1939년 9월/"The Girdle of Hyppolita"/(황금가지)「히폴리테의 띠」『헤라클레스의 모
험』//(해문)「히폴리테의 띠」『헤라클레스의 모험』/푸아로

136 1939년 11월/"The Nemean Lion"/(황금가지)「네메아의 사자」『헤라클레스의 모험』
//(해문)「네메아의 사자」『헤라클레스의 모험』/푸아로

137 1939년/"The Regatta Mystery"/(황금가지)「레가타 미스터리」『검찰 측의 증인』//(해
문)「리가타 미스터리」『리가타 미스터리』/파인/※1939년 The Regatta Mystery and
Other Stories 간행 시에 "Poirot and the Regatta Mystery"(126번)를 고쳐 쓴 것

138 1940년 1월/"The Arcadian Deer"/(황금가지)「아르카디아의 사슴」『헤라클레스의 모
험』//(해문)「아르카디아의 사슴」『헤라클레스의 모험』/푸아로

139 1940년 2월/"The Erymanthian Boar"/(황금가지)「에리만토스의 멧돼지」『헤라클레스
의 모험』//(해문)「에리만토스의 멧돼지」『헤라클레스의 모험』/푸아로

140 1940년 3월/"The Augean Stables"/(황금가지)「아우게이아스 왕의 외양간」『헤라클
레스의 모험』//(해문)「아우게이아스 왕의 외양간」『헤라클레스의 모험』/푸아로

141 1940년 5월/"The Flock of Geryon"/(황금가지)「게리온의 무리들」『헤라클레스의 모
험』//(해문)「게리온의 무리들」『헤라클레스의 모험』/푸아로

142 1940년 5월/"The Apples of Hesperides"/(황금가지)「헤스페리데스의 사과」『헤라클
레스의 모험』//(해문)「헤스페리스의 사과」『헤라클레스의 모험』/푸아로

143 1940년 6월/"The Horses of Diomedes"/(황금가지)「디오메데스의 말」『헤라클레스의
모험』//(해문)「디오메데스의 말」『헤라클레스의 모험』/푸아로

144 1940년 11월/"Four-and-Twenty Blackbirds"/(황금가지)「검은 딸기로 만든 '스물네
마리 검은 새」『쥐덫』//(해문)「스물네 마리의 검은 티티새」『쥐덫』/푸아로

145 1940년 11월/"Strange Jest"/(황금가지)「괴상한 장난」『쥐덫』//(해문)「이상한 사건」
『쥐덫』/마플

146 1940년 11월/"Tape-Measure Murder"/(황금가지)「줄자 살인 사건」『쥐덫』//(해문)「줄
자 살인사건」『쥐덫』/마플

147 1942년 1월/"The Case of the Caretaker"/(황금가지)「관리인 사건」『쥐덫』//(해문)「관
리인 노파」『쥐덫』/마플

애거사 크리스티 코드

초판 1쇄 인쇄 2025년 2월 17일
초판 1쇄 발행 2025년 3월 7일

지은이 오오야 히로코
옮긴이 이희재
펴낸이 이범상
펴낸곳 (주)비전비엔피 · 애플북스

책임편집 한윤지
기획편집 차재호 김승희 김혜경 박성아 신은정
디자인 김혜림 이민선 인주영
마케팅 이성호 이병준 문세희 이유빈
전자책 김희정 안상희 김낙기
관리 이다정
인쇄 위프린팅

주소 우)04034 서울특별시 마포구 잔다리로7길 12 (서교동)
전화 02)338-2411 | **팩스** 02)338-2413
홈페이지 www.visionbp.co.kr
인스타그램 www.instagram.com/visionbnp
이메일 visioncorea@naver.com
원고투고 editor@visionbp.co.kr

등록번호 제2009-000096호

ISBN 979-11-92641-66-9 03800